尚册文化 | 策划出品

打开世界之页

掬水弦歌

曾平 著

北方文艺出版社

图书在版编目（CIP）数据

掬水弦歌 / 曾平著. — 哈尔滨：北方文艺出版社，2024.1
　　ISBN 978-7-5317-6143-3

　　Ⅰ.①掬… Ⅱ.①曾… Ⅲ.①散文集－中国－当代 Ⅳ.①I267

中国国家版本馆 CIP 数据核字（2024）第 007975 号

掬水弦歌
JU SHUI XIAN GE

作　者 / 曾　平
责任编辑 / 张贺然　　　　　　　装帧设计 / 尚册文化
出版发行 / 北方文艺出版社　　　邮　编 / 150008
发行电话 /（0451）86825533　　经　销 / 新华书店
地　址 / 哈尔滨市南岗区宣庆小区 1 号楼　网　址 / www.bfwy.com
印　刷 / 济南精致印务有限公司　开　本 / 880mm×1230mm　1/32
字　数 / 160 千字　　　　　　　印　张 / 6.625
版　次 / 2024 年 1 月第 1 版　　印　次 / 2024 年 1 月第 1 次印刷
书　号 / ISBN 978-7-5317-6143-3　定　价 / 58.00 元

序

一个没有边界的世界

宓 月

在"散文诗世界"待了二十多年，我最大的收获之一就是有了极强的"散文诗免疫力"。就散文诗的阅读量而言，我可以说"见多识广"，也可以说"麻木不仁"，说句让自己脸红心跳的大话，能打动我的散文诗新作很少。当曾平老师嘱我为他的散文诗集《掬水弦歌》作序时，我没有立即答应：一是我的"散文诗免疫力"起了作用；二是这段时间确实忙，难以静下心来。但是，读完《掬水弦歌》，我却有了一些话想说。

二十多年来，我一直陷于《散文诗世界》的编务和杂事之中，除了外出活动必须与人交往之外，我极少主动与人联系，也不愿去干与文学不相干的事。我与曾平老师认识多年，却往来不多。他是中外散文诗学会理事，我是秘书长。他从邮箱投稿过来，我能用则用，不能用也不用解释。有了微信后，天南海北交流方便了，我们仍然是有事说事，没有多余的废话和客套。

我喜欢这种淡淡相交的状态，不热络，又随时关注着。去年五月，收到他寄来的钢笔画集《钢笔生画》，让我爱不释手。他的钢笔画，精细入微、细密紧凑，黑白对比强烈，线条至臻完美，十分传神，经得起远观细瞧。在他一笔一画的精雕细刻中，惠州风光、家乡风景、人物风采、花影风物仿佛有了生命，闪耀着光芒，被他赋予了浓浓的诗意和深情。

钢笔画是一种线体艺术，一幅画需要几万、几十万，甚至上百万根线条。画钢笔画，需要投入巨大的专注力，十分考验画家的绘画功力，它也不如油画、国画那般容易获名得利。因此，画钢笔画是一种苦行僧式的"禅修"，很少有画家肯献身其中。

认识曾平老师是因为散文诗，真正了解曾平老师，是欣赏了他的钢笔画集《钢笔生画》、读了他的散文诗集《掬水弦歌》之后，里面的大多数篇章都值得细嚼慢咽、品茗回味。

论及散文诗的发展史，几乎所有的专家学者都认为散文诗起源于法国，中国散文诗是舶来品。在我看来，散文诗与中国传统文学有着浓厚深远的血缘关系。中国文学历来就有"变文"的现象和说法。无论是散文、小说，还是戏剧，中国传统文学的"韵散间杂"特征尤其明显，比如，唐传奇、六朝志人志怪、宋话本、明清小说、元杂剧等，因此，在现代白话文运动中诞生中国散文诗这个新文体也就不足为奇。我认为，散文诗就是中国文学的一种"变文"，是"韵散间杂"传统的延续，是一个独立的新兴文体。

曾平的散文诗，给我深刻印象的是，它具有明显的中国古典文学的纯正血统，情景交融，人与自然的融洽亲和，托物寓情，感物咏志，语言含蓄隽永等。

散文诗和钢笔画，构划出了曾平充满诗情画意的诗画人生。他的散文诗有着强烈的画面感，可谓画中有诗，诗中有画。他说自己之所以"喜欢钢笔画，是因为喜欢它黑白之间的简单明了"。

"最简单的线条,最单调的颜色,却能捣弄出斑斓怒放的满坡山花,调制出心旷神怡的五色风光,这是钢笔画的魅力所在。"这又何尝不是散文诗的魅力所在!他创作散文诗,就像他画钢笔画,带着朝圣般的虔诚,行文朴实、沉静,不张扬,不喧哗,有一种脚踏实地的稳健,在平静中彰显出强大的生命力。

故乡是隐藏在我心底的一份情殇,身居异乡,最怕在农耕时节读陶渊明的"守拙归园田",在中秋之夜读杜甫的"月是故乡明",在腊月将至读贺知章的"少小离家老大回",在美酒笙歌后读李白的"不知何处是他乡"。

一旦读及,百感交集如逆风飞扬,倒海翻江。

——《乡村书简》

狄德罗说:"艺术就是在平凡中找到不平凡的东西,在不平凡中找到平凡的东西。"曾平长期工作生活在惠州,由惠州到华南大地,到全中国,他行走着,画着,写着,他想把一切美好的东西都用笔记录下来。触动他心弦的一山一水、一人一物、一草一木,他都饱蘸着深情,用笔细细描摹。他的画充满了诗意的清新、生动和美感,他的散文诗则充满了绘画的光影和色彩。他写龙门农民画:"一片笙歌与两江美景,三春似锦与四季如春,五谷丰登与六畜兴旺,七星湖上八面来风,九重远眺里的十里花香。"(《七彩庄稼地》)他写惠州金带街,"远古与现代,仅一墙之隔!两者之间,联系得那么紧密,过渡得又如此自然。将古今衔接得天衣无缝,似乎与金带无关"。(《五彩惠州》)他写慈爱的母亲,"母亲只是一个普通的中国农民,她不曾在一朵桃花里读书,也不曾在一首古诗下饮酒"。(《母亲酒》)他写村中的接生娘玉润姑,

"踏落寨背月，踩碎山寮霜，记不清多少个深夜从梦中被人唤醒，也不知道共剪断了多少根脐带"。（《乡间花事》）还有那群可敬可爱的父老乡亲："他们的发言从不用打稿，有时是散文，有时是诗歌，更多的是杂文。"（《玉岭纪事》）

　　优秀的散文诗要言之有物，否则就会"太空"；要节制有度，否则容易矫情滥情；要有生命力，没有生命力的散文诗只能说貌似散文诗。曾平的这些散文诗特征，让人读来没有悬空感。他写的画的，都是他生活中常见的或者别人眼中熟悉的事物。他用充满爱的眼睛和心灵，在这些寻常事物中发现与众不同。他把自己的情感和美学意识倾注在尺幅中，倾注在字里行间，使每件作品充满"灵性"，从而引导读者去欣赏身边事物的美好。著名画家吴冠中说过："数十年来写生经验的总结，愈来愈感到已不是华丽的名胜在吸引我。踏破铁鞋，我追寻的只是朴实单纯的平常景物，但其间蕴藏着永恒的生命，于无声处听惊雷！"

　　散文诗的迷人之处，在于它删掉了一切多余的东西，省略掉了一切可说可不说的东西，用凝练的词句表达出了最丰富的情绪和最敏锐的感觉。在短短的篇幅中，营造一种让人思绪停留、飞翔的神奇魔力。要做到这一点并非易事，首先必须具备画家细致观察事物的能力，精准、画龙点睛般的细节描写能力；其次要具备娴熟的语言掌控能力，使得看上去极普通平常的词语在诗人的重新组合之下，焕发出新的生命力，变得新鲜、形象，充满力量。在我看来，曾平是在将诗当散文来写，将散文当诗来写。

　　小时候总以为，小溪一泻千里，是否远方寄存着小溪的梦想？我长大后，循着小溪的足迹走向东江来到南海边，我看到了大海的辽阔，那是小溪的美好归宿。究其根源，浩瀚的大海，也是由无数的小溪汇聚而成。也许，水往低处流，只是小溪的一贯天性，却闯开了一片恢宏天地。

其实，想法越单纯，目标越明确，意志越坚定。

路，将会走得越远。

——《掬水弦歌》

散文诗跟其他文体一样，仍然存在见仁见智的问题，永远不会有统一的范式。散文诗是自由的、开放的、奔放无拘的，既有传统文脉的继承和延续，也不拒绝外域文化的影响。普里什文说自己是"钉在散文十字架上的诗人"，托尔斯泰感慨"我永远不知道，哪里是散文和诗歌的界限"。散文诗世界是一个没有边界的世界，值得我们漫游探索。这就是曾平散文诗给我的感觉和启示。曾平心手合一，诗画并行，期待着他更多的佳作问世！

2023年5月18日，成都

宓月，作家、诗人。中外散文诗学会副主席兼秘书长，《散文诗世界》主编，四川省散文诗学会常务副会长，四川天府新区作家协会主席，成都市文学院签约作家。著有散文诗集《夜雨潇潇》《人在他乡》《明天的背后》、长篇小说《一江春水》、诗集《早春二月》、人物评传《大学之魂》等。作品多次入选各种年度选本、中学生课外阅读书籍和中考阅读理解试题。

目录

云蒸霞蔚的故乡春风十里

3　　　乡间花事

7　　　掬水弦歌

11　　　母亲酒

16　　　玉岭纪事

20　　　乡路，我的寒来暑往

在水一方听风乍起

25　　　五彩惠州

30　　　鹅城四方

33　　　逐梦象头山

37　　　沧桑汤泉

40　鹅城散板

43　西湖三月

山村飘过千千阕歌

47　乡村书简

50　山　村

53　岁月田园诗

55　山村小夜曲

57　山月如钩

60　茶　事

64　山村牧歌

乡间的随意行走

69　吻别夏天

72　为碓而歌

77　家

79　山村腊月最迷人

81　年事如歌

84　春节写意

乡音在时光间缭绕

89　九十个春天，万紫千红

94　乡韵三章

- 97 山村，女人如花
- 100 泪花三月
- 103 山村团圆曲
- 105 桃花依旧笑春风

田野稻浪与大海涛声

- 109 汝湖古色
- 114 土桥挥春
- 117 和风徐吹土桥村
- 120 土桥，文韵荡漾
- 123 铁涌渔汛
- 126 海上筑歌

那山那水那片天

- 131 七彩庄稼地
- 134 如画龙门
- 137 官山，一个多彩山村
- 141 博罗三章
- 144 秋醉园洲

独坐于异乡月色

- 149 端砚上的岁月
- 154 丽江月夜

156　川岛，写满美丽
159　东涌，永远行走在春凤里
162　辰溪夜话

寒灯下的阅读记忆

167　寻找风景
170　指罅琴音
172　墨池碎语
175　夜读桃花诗
177　四季读书图
180　纸上逐梦

丰收的季节喜开镰

185　记者手记
187　河源，我为您祈福
189　河源诗笺(五章)

193　后记　笛声吹醒山外月

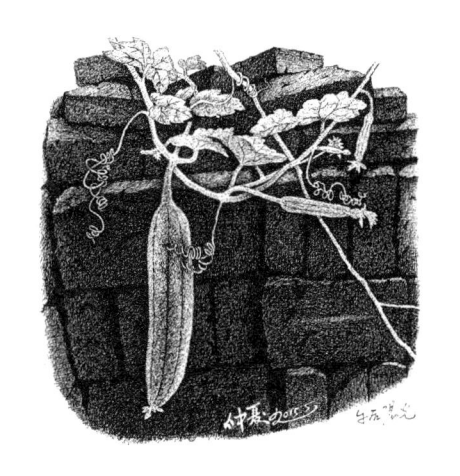

云蒸霞蔚的故乡春风十里

乡间花事

题记：家乡最美，美得醉人。美在春风氤氲的桃红李白，漫山遍野的桐花如雪。在每种花树深处，都潜藏着一段温暖的故事。

桃花：依旧笑春风

桃讯沿着三月的边缘轻轻而来，悄悄染红了山村。春暖花开的日子，88岁高龄的玉润姑，踏着溪声从城里回到故乡，来到池塘边那棵桃树下，姹紫嫣红间，往事忽如桃花，千朵盛放，摇曳芳菲。

五十多年前的那个春天，当接生娘的姐姐就要远嫁他乡。霞光泅染的清晨，姐姐将玉润姑带到那株桃树下，将药箱和一份责任挂在了她的肩上。摘了两朵小花瓣，插在她的左右发鬓，说愿她的双手像温柔春风，催开每一枚待放的花蕾。几天后，手挽手将玉润姑送到上县医院培训的路口。从此，玉润姑在这条路上走了一辈子。

三十年间，踏落寨背月，踩碎山寮霜，记不清多少个深夜从梦中被人唤醒，也不知道共剪断了多少根脐带。她走路时急时慢，她匆忙走进的房子，不久必然会传出婴儿的哭声；她慢步走出的大门，背后的主人必然发出开心的笑声。

她的双手抚摸过村里所有的新生儿，她喜欢聆听他们走出娘胎唱响的第一声滑腔高音。此起彼伏的婴儿啼哭，在族谱上成群结队。岁岁年年，燕子来了又去，桃花开了又谢，缤纷落英间，送走了人间的无数春天，也捎走了玉润姑的满头青丝。

经玉润姑接生的孩子，早已是柳陌桃蹊。可又有多少人能记住那张温柔的脸？岁月如烟，心事如蝶。她已经在斗转星移的时光中，将自己活成了一株永不凋谢的桃花。不管季节变换，不管阴晴雨雪，总在日月里走，总在春风里笑。

李花：树去香犹存

桃花开后，李花登场。桃花红，李花白，一样的灿烂，一样的迷人。上屋旺叔家的李树，盛开得最浓烈，将篱笆边的风景一花独占。

旺叔啃过"之乎者也""四书""五经"。李花初开那年，旺叔一只脚踏进了教师的门，但他另一只脚还留在门外，他是一个在生产队里领工分的教师，他的教室是稻香四溢的生产队谷仓，学校的名字充满诗意，叫"耕读班"。李花不知开过多少年，他才成为正式的民办教师。教师的日子单薄而清淡，李子也舍不得吃，需拿去换米下锅，他家的生活与未成熟的李子一样酸涩。

他头上的云朵黑色居多，他脚下的路总呈灰暗。或因他的学历太低，或因他没有任何背景，每次精简教师他都首当其冲；而每次学校需要教师时，却又首先想到他。"耕读班"正是他生命的写照，他左手是粉笔，右手是锄头，他一直在教师和农夫的职业间徘徊。他没有一丝怨言，洗干净脚上的泥巴，夹起课本又去了学校。多年以后，镇上才为已近"知天命之年"的他锁定一名公办教师的名额，让他从蛙声起伏的田野，稳坐在书声琅琅的课堂。

从此，旺叔的生命里程，就在村尾的家与村口的学校一公里路范围内往返。我们村先后走出五十多位大学生，大都在他的教鞭下启蒙破学，但他从没学会"炫耀"这一词语，他的心事如李花般洁白无瑕。

修铺村道那年秋天，为了成全村里的大事，旺叔只好和休戚与共数十年的李树挥泪永别。此后，八十高龄的旺叔，酷爱在那条新路上散步，晚风夕阳下，怀念逝去的李树，咀嚼苦涩的花事，回味远去的花香。

桐花：幽香留乡关

山乡暮春，桐花飘香。白色的花海中，小伙伴们爬上了最大的一棵油桐树，爬在最前面的是我的堂弟建，一个调皮好动的少年郎。不堪重负的桐枝突然断裂下坠，建弟手腰受伤。桐树，成了他永远的痛。

建弟长大以后，告别了桐乡来到部队。那场难忘的自卫反击战，他硝烟中亮剑，火线上入党。三年后他回到家乡，之后他又外出闯荡，村民看中了他复退军人和党员的身份。选他回村当上了村长。他不忘初心，回到桐乡，与桐花年年相伴。

又是桐花盛开的一年，他被镇上选拔为林业站护林员，他守护的桐树成片，疆域更宽，他身上的责任也更重。狂风与骤雨，在身前身后淌过；太阳和月亮，在左肩右臂走过。他每天巡逻在每一片山林，就像将军检阅他的每一个士兵。他说他喜欢这片碧翠的山林，那是村民的聚宝盆和山村的幸福泉，当年的痛已幻化衍生成今日的爱。

他那身花白相间的迷彩旧军衣,就像五月的桐花点点,将美丽和清香,泼洒在郁葱的青山绿水间。那支嘹亮的"我是一个兵"口哨曲,在洁白的花海里,每天都准时随风响起……

(原载于2021年7月6日《南方日报》,在2021年度广东散文诗学会作品评选中荣获一等奖)

掬水弦歌

小 溪

层叠的大山,是你的籍贯。草芜的山谷,是你的出生地。

你从这里出发,开始了漫长的履历。

一树梨花一树雪,半溪杨柳半溪烟。走过桃花林,绕过蝴蝶谷,穿过石板桥,春山如岚,晚霞如画,催春的布谷,啼血的杜鹃,没有什么能挽留住你,你却将美留在了身后。

你本不想张扬,轻轻地来,悄悄地走,不带走一片鸟音。但千山不许一溪奔,拦得溪声昼夜喧。是起伏的大山,让你蜿蜒曲折,跌宕有声。

我家在大山深处,没有大江大河,只有一泓小溪。我唯一的一次因贪玩被父亲鞭打,就是在溪边完成的。我喜欢用故乡的溪水,清洗每一阕宋词,让它们在生命的季节里抑扬顿挫,跨过平平仄仄的坎坷。被小溪带走的,是山村千年的苦涩和沧桑,还有我的童年和伤疤。溪边读月,风吹月光,月色总会在潺潺溪声中,蝶化成长满皱褶的乡愁。

我曾大声地对小溪说,外边的大江大河大海已被污染,你一旦涌入就不再清澈透亮,失去了清洁身。但小溪仍勇敢地义无反顾地奔流而去。她要用自己的清白,去冲淡那些污浊,哪怕是一丝丝的改变。

小时候总以为，小溪一泻千里，是否远方寄存着小溪的梦想？我长大后，循着小溪的足迹走向东江来到南海边，我看到了大海的辽阔，那是小溪的美好归宿。究其根源，浩瀚的大海，也是由无数的小溪汇聚而成。也许，水往低处流，只是小溪的一贯天性，却闯开了一片恢宏天地。

其实，想法越单纯，目标越明确，意志越坚定。

路，将会走得越远。

水　井

你总是醒得最早，每天清晨，山村传来的是比公鸡晓鸣更早的舀水声。是春英婶娘的瓢斗，第一个摇碎了井中的月影，咕噜咕噜的倒水声和那一声轻轻的咳嗽，将晨星惊落在高高的寨背顶。

你总是那么忙碌，从夏到冬，从早到晚。逢年过节，你更忙得不亦乐乎。杀鸡宰鸭，张扬着山村的六畜兴旺，花衣服追逐着牛头裤。井，就在我家门外十米处，此刻，我们家总是羞于见你，家穷畜不兴，家中没什么家禽可以宰杀，能在你面前显摆。我家的炊烟里，总是缺少油腥味。

井栏青苔点点，长满老人斑。饮水思源，饮水不忘挖井人，我问遍山村每一位老人，却说不出当初的挖井人，我喑哑无语。其实，他们的名字早已被历史的烟云所湮没，日夜奔涌的泉水，就是他们的不尽留言。我只有面对苍天，双手合十，向先人作了一个长长的揖。

如今，晨风晓月里，不再有挑水人。周围的人一家一家向你道别，陆续迁往村外大路边，有的走向城镇，或更遥远的都市。被炊烟吹白的山村，已随汽车的笛声逐渐远去，而你却一如既往地将泉水涌满水井，苦等村人前来分享。你不知有朝代的更迭，不识外边变幻的大千世界。

坐井观天，是你天生的悲剧。你的每一滴水，都是告别的泪？

我喝了你二十年的泉水，血液里永远有你的基因。我每次都是从井边出发，走向未知的远方。我一次次南迁，一次次搬家，在新落脚的城市，总会梦见故乡的井，于是我读懂了一个词：

背井离乡。

池　塘

芦苇，桃花，柳树，你总是与美丽紧紧相伴；鸭子，蜻蜓，青蛙，你总是与他们难舍难分。春江水暖，岂有鸭先知，风乍起，春水皱，你便预知季节有变。待到清明时节，家家雨歇，青草池塘，处处蛙声，你已将桃花催红了整座山村。

我小时候走过你的身边，总爱捡起一块瓦片掷去，在水面荡起一个个涟漪。我就随着涟漪慢慢长大，随那漂去的瓦片远离山村。如今，我只有在故乡的池塘边，才能在那淘气的涟漪间，找回一个个泛黄的童年故事。

也喜欢在夏天脱光了衣服，潜入水底，去捞取一个个大蚌和田螺，你的心底装满了无尽的美味佳肴；当过年时你放干了塘水，如少女揭下神秘的面纱，显出满肚的鱼虾，你向我们展示蕴藏了一个春秋的渔汛。

今年春天，我与留守山村的彬哥一起，在池塘边种下了二十棵桃树。只盼在三五年后，唱起《在那桃花盛开的地方》更有底气，更想让你的万种风情锦上添花。

当年在池塘边摘桃花的小姑娘，已披着嫁衣远离了山村；那个在池塘里赶鸭子的少年郎,拿着大学录取通知书早已走出了山坳。但你依然坚守山村,"梨花院落溶溶月,柳絮池塘淡淡风"。时间在老人的额头一天天逝去,一拨人来了,又走了,而你总是不动声色,将村人送走了一茬又一茬。

在千古的时光里,你永远占据着上风。

(原载于2022年第6期《散文诗世界》。2022年5月27日被中外散文诗学会推荐,在《菲律宾商报》"中国作家作品选粹"专栏刊载。在2022年度广东散文诗学会作品评选中荣获一等奖)

母亲酒

一

母亲要酿一坛好酒,这是她埋藏了几十年已近发黄却不褪色的心思。

自此,甜蜜的梦便浇湿了她过去所有的日子。当如水的月色浸淫迷蒙的远山,满天的星光洒落屋前荷塘的时候;当多情的晚风掸拂秋日的篱笆,散漫的炊烟缭绕乡野谷场的时候;当深冬的残霞红透了天边,无数的归鸟呢喃于树梢的时候,母亲那绵长而浓醇的思绪,便随酒香飘逸氤氲在漫漫的岁月长河里……

二

母亲人生中所酿的第一坛好酒,是在"雄鸡一唱天下白"的那年冬天。

那一年,踏着翻身解放的欢乐鼓点,作为新娘的她迈进了粤北山区东江上游仙人嶂下一个如画的山村。她用惯于飞针走线描红绣花的巧手,和上清澈甘饴的山溪水,酿就了令山村陶醉的琼浆。她把第一杯酒洒在了黄土地上,用以祭拜村里两位东江纵队的革命英烈,第二杯端给了攻打东江重镇老隆县城作为支前民兵队长的父亲,第三杯则敬拜作为革命老区的山村所有的父老乡亲。古老的山村，在浓郁的酒香中，从此迎来了新中国第一缕绚丽霞光。

酒香的撩人心魄和《东方红》的欢快旋律，催开了父老乡亲如花怒放的笑靥，让环绕在山村门前的那条小溪荡漾得潺潺有声，将昔日满目疮痍的土地从此翻垦成稻浪滚滚。

三

令村人回味无穷的飘逸酒香和津津乐道的经典故事，对我只是一个朦胧久远的传说。真正亲眼看见母亲酿酒，是改革开放春风吹绿村前桃树林的时候。

历史早已熨平了岁月隆起的褶皱，凝噎无语的季节已随山溪水流远逝去，山村迎来了最适合酿酒的第二个春天的温暖时光。

这项伟大的"系统工程"是在暖融融的春夜开始的，母亲手写的"春天的故事"序言，当然是在第一丝春风里落笔。

从立春开始，母亲就开始构思，桃红柳绿中，总见她思考的眉头。从种子的确定到土地的选择，母亲从中反复对比权衡利弊，犹如指挥千军万马决战前夜运筹帷幄的穆桂英。父亲也成了不可或缺的配角，走村串户兑换糯谷良种和精耕细耙平整土地，是他肩上义不容辞的两项重任。

在布谷催春的啼叫声中，发了芽的种子终于在平滑如镜的秧田里落地生根。

插秧的日子正是阳春三月，在春风轻拂阳光和煦的季节，柳絮摇曳燕蝶纷飞，翠绿的秧苗在母亲的手中一会儿"蜻蜓点水"，一会儿"双龙出海"，瞬间如"天女散花"铺满了整个田畴。秧苗在母亲关切的目光中，返青，泛绿；分蘖，拔节；抽穗，扬花。吸收了一个春夏的晨风雨露和日月精华，最后嬗变成一片醉人的金黄。

四

当徐徐的秋风吹过南山嘴,如火的红枫缀满溪畔山崖,秋谷终于开镰收割,母亲酿酒工程的正文也就正式落笔。

在谷场上晒干,在木砻里去壳,洁白的糯米便裸露出"女儿真身";在竹笼中水浸,在饭甑里火蒸,生米就煮成了熟饭。

每一道工序,都是母亲一人在精心操作,她收起往昔灿烂的笑容和叨絮的话语,静如秋月的脸上写满了专注和倾情。忙碌灵巧的双手,偶尔会乘隙掠起一丝下垂的发梢或抹去一滴流淌的汗珠,勤快的身影在炊烟弥漫的庭院和热气腾腾的厨房间穿梭往返,紫红色的花头巾和蓝格子的围裙成了飘逸飞动的风景线。

而父亲和我们兄妹数人,凝神屏气,一旁静观,随时接受母亲突然间发出的短促命令,如整装待发的战士。

入夜,晚风送爽,秋虫浅吟,如鼓的蛙鸣在似水的月光下传遍了整个山村,而母亲的文章也进入尾声。母亲突然大喊一声:

"放酒饼。"

父亲随即迅速出列,端起早已捣碎磨溶的上等酒曲饼,娴熟地匀撒于盛在酒瓮内的糯米饭上,与他早春播种的动作遥相呼应。随后搅拌、抹平、掏坑、封盖,整个动作利落连贯,一气呵成,犹如书法大师的一泻千里,沧浪写意潦草张狂,却又充满韵律之美,似在为母亲的文章奉上点睛之笔。

五

品尝母亲酿就的美酒是全村人的大喜日子。

被夕阳烧红的晚霞是这喜庆画面最好的背景,我们兄弟姐妹分乘大车小车摩托车自行车,沿着村道从四面八方聚集而来。乡亲们也关掉音响熄了电视,从钢筋水泥房中走出奔向我家。

屋门前的地坪上早已摆好一溜桌子,每个碗中都盛满了黄澄澄的丰收喜讯。

母亲首先舀起一碗黄酒,端到唇边又突然停下。春华秋实,沧海桑田,半个世纪的峥嵘岁月就浓缩在酒中。把酒问青天,她深情地眺望苍穹,目光如电,两行热泪,从母亲双眸夺眶而出,滚滚直下,滴入酒碗……忽然,母亲头一扬,将碗中的酒和泪一齐饮下,然后一抹嘴唇,脸颊上飞出两朵红云,荡漾出幸福而自豪的微笑。

于是,我们也学着母亲的样子,将碗中酒一饮而尽。

爱唱歌的妹妹,带头唱响了一曲高亢嘹亮的《祝酒歌》,瞬间,音符和酒香,组成了最和谐的涟漪,一圈圈轻轻荡开,裹挟了山村的每一块瓦片和每一片烟岚……

六

当新世纪的钟声拉开了祖国迈向强盛的序幕,古老的华夏大地喜事盈门捷报频传。

我们村的喜事如金秋时节的瓜藤,结下的瓜一个连着一个:过去要翻山越岭走羊肠小道才能出入的山村,如今水泥村道已直通家门口的石级;过去村里人买自行车都感到是新鲜事,如今全村已买上了二十多辆小汽车;改革开放前三十年村里只有一人考上大学,如今村里已经走出了四十多位大学生,有一年全县高考的男女状元同出在我们村;退伍军人的大侄子选上了村主任后,千方百计集资为村里装上了路灯;外出打工仅有小学文化的侄子,靠自己的聪明智慧和勤奋努力，当上了四家集团公司的总经理。在老家的侄子们全都将日子过得红红火火。

桃花盛开的春天，历经沧桑年逾八旬的老母亲，用家姐为她新买的手机，从遥远的山村打来电话，细数着村里的一桩桩最新喜讯。她似乎提携着一个丰收的大果篮，随便拎出一个，都是那么沁甜诱人。末了，说她要为乡亲们再酿上一坛好酒，为万紫千红的好日子助兴添彩。说完后是一长串爽朗的笑声，洒落在电话的两端。

母亲只是一个普通的中国农民，她不曾在一朵桃花里读书，也不曾在一首古诗下饮酒，却似一位伟大的哲学家，总在历史的关键时刻发表慧见。开启新时代的中国人日子越过越令人喝彩，端坐在火红岁月里的母亲，没有理由不高兴不感动，她将以最直接最真情的方式抒发自己最真实的感情。

五月的稻香和山居的泉声悄然飘进了我的梦乡，皎洁的月光把过去的记忆瞬间照亮。于是，我翻开日历，计算着回家的日子，期待着品尝母亲酿造的第三坛好酒，准备随时向幸福出发。

（原载于2002年10月16日《惠州日报》。2011年5月，参加由中国报告文学学会、中国散文学会、中国报纸副刊研究会、世界华侨华人社团联合总会联办的"庆祝建党90周年中国时代风采征文大赛"中获金奖，2015年5月，获广东省委老干部局主办的《秋光》杂志"为党的事业增添正能量"征文比赛一等奖）

玉岭纪事

村路：每一块石头充满阳刚

家乡玉岭，你长在云深不知处，何止九拐十八弯。

山路似一把锋利的柴刀，将大山劈成两半，一半交与峻岭，一半给了悬崖。山村里的人，就在这锋刃上，祖祖辈辈做翻山越岭、跋山涉水状。黄梅雨天，乡人将回家的泥路溅开了朵朵黄花；阳春三月，又将山路渲染成五彩绸带。将希望挑到山外，又将现实扛回山村，筚路蓝缕间薪火相传。

当年的烽火岁月，峭险偏僻的山村，成了那支威名远扬的东江纵队红色根据地。那年初夏一个月黑风高的星夜，村里三位热血青年，踏上那条陡狭的山路，毅然参军走上战场。山路上的呼啸山风，应该是三位英雄故事的开场白。其中二位，我的观妹叔公和锦钟大哥，没再回头，英名镌刻在共和国的纪念碑上，鲜血染红了家乡山路旁迎春绽放的石榴花。

仅存的那位，是我球章大伯，从军三十一年，历经六十多场战斗，戎马一生折叠着太多的传奇。子弹在他身边往来千回，死神离他很近却又很远。去年国庆前夕正是秋风乍起时节，他来到罗浮山下的东江纵队纪念馆，手捧一束菊花走到烈士英名录前，忽然双腿跪下，呼唤着远去的战友名字。那一声声长喊，回响在家乡山路两侧的千山万壑。

在新中国的灿烂阳光下，全村已有二十多位热血青年，踏着革命先辈的足迹，沿着这条山路走出山村从军报国，抗美援朝、对越自卫反击战、戍守西藏边陲，一张张立功喜报，又经山路传回村里。村路台阶上每一块坚硬的石头，锃亮在古铜色和瓦蓝色之间，始终不渝地充满阳刚之气。

村居：每一扇门扉书香飘逸

山居，藏匿于一幅古画的壑谷深处，活色生香。

不用问道，沿着溪声寻觅，狗吠就是路标，鸟语就在屋后。微风吹，云岚隐，板桥显。山风吹瘦了日子，门前那泓山溪始终清澈如初，委婉动听的潺潺之音，仍然是我熟悉的童年歌谣。东山岭上那轮玉盆，总在树影间月圆月缺，不分四季地重述细节。

曾祖父当年兴建的祖屋，耸立在青山脚下的一口水井旁。炊烟千缕，晚霞如画。曾祖父端坐在星月之下临窗的书房，读响之乎者也，写就锦绣文章；琅琅书声，合着鸡鸣狗吠，随风絮语。那一年，曾祖父驮着满袋的线装书，坐船下老隆，过河源，赴惠州，考取秀才，为村人带回一缕书香。之后他创办三省小学，将那零星的文化种子，撒播在近于文盲的山乡，确立了村人的耕读主题。一时间，"文林第"牌匾文光射斗，人文蔚起，云蒸霞蔚。

书香星火，从此点燃，燎原山村。村人的读书梦里，有了无数的续篇。六十年代初期，柴门瓦房里，走出了第一名大学生，他一路向北，直往长江边的武汉水利电力学院。随后，山村陆续走出六十多位大学生。连当年那个山村孤儿，他的孙女儿也已经考上了四川大学的研究生。

如今随意推开一家门扉，都会飘逸出浓郁的书香。

村口：每一个梦想都会开花

村口，在薄薄的夕阳下，那丛吱呀哼唱的大竹林，那棵枝叶婆娑的大榕树，小溪旁田塍上盛开的小野花，在冬日田野里悠闲踱步的小黄牛，异彩纷呈的梦幻风景，就是我们山村的封面。

村人常在村口聊天，从村口悠然望远，仙女嶂上的天空尽头，缀满过眼烟云。常有一支草烟，偶有一壶浊酒。老人在缭绕的氤氲间吞吐着他们的如烟往事。他们的发言从不用打稿，有时是散文，有时是诗歌，更多的是杂文。

走出村口往前，才是年轻人的"诗和远方"。元宵节后，他们身背二三十岁的青春行囊步出家门，沿着这条希望大道，直往街镇县城，然后朝无可商量的方向一概朝南：河源，惠州，深圳，广州，也有奔向更远的外省，如飘向天空的风筝。

如今，南雁北归，那个怀揣着小学毕业证书的黑小伙子，在外闯荡二十年，以诚信赢天下，从一个小小的流水线工，变成一个大企业的董事长。他伫立家乡村口，手握万片云霞，立志重新安排家乡山河。振兴乡村，是他为自己设立的全新课题。他带领村里一帮年轻人，从村口破题，凭风直上青云边，让梦想在每一块田野和每一座山岭次第开花。

村中，新房叠起层出不穷，节节攀上小康的日子。归巢是一种季节指向，腊月北风渐冷，村口却在逐日热闹。外出的游子，沿着"乡"字曲折的飘带，越过那一道道篱笆墙，踏入每一个熟悉的家门。即使风筝飘在天南地北，那根线始终紧系在山村的屋顶上。家乡也用上了"车水马龙"的词，崭新的小汽车上，带回五颜六色的年货，还有操着南腔北调的新媳妇。

除夕夜，村人燃放起满天的烟花，欲与漫天星斗相媲美。

繁花似锦的兔年，正越过村口，沿着春风的方向，喜笑颜开往山村走来。

（原载于2023年4月16日《惠州日报》）

乡路，我的寒来暑往

在九连山重重叠叠的古老皱褶里，一条小路如一根苍发，维系着一个层峦叠嶂、云烟缭绕的山村，因我在这里呱呱坠地，完成了生命的初始，常令我魂牵梦萦、情思绵绵，故我将这里唤作故乡。

山村绿得像一片翠叶，小路便是它的叶脉了。叶脉流淌着养分，小路洒满了血汗和泪水。山村小路，送走一段又一段云谲波诡的岁月，迎来一个又一个涛涌云飞的黎明；流走古老的梦，萌生新的故事，窄窄的小路，盛装着山村厚重的历史和辛酸的歌谣。在这里，有我一行浅浅的脚印和一缕淡淡的情思……

那一年，我九岁，正是喜欢撒娇嬉闹的年龄，却背起了沉重的书包，到山外的小学当起了寄宿生。家中常要断炊，我无法带足一周的粮食，于是只好独自一人在傍晚和早晨去踩踏这条长长的山路。孤身赶路，难免恐慌，家中的小黑狗便做了忠实同伴。一路上我对它呼前唤后热情有加，但一近校门就得翻脸用石块逼它返回，而周末回家第一件事却是到处寻找小黑狗，生怕它迷失在窄长弯曲的小路上。

那一年，是一个难得欢快热闹的春节，全村人聚集在大坪上看舞龙戏狮，大队学校的一位老师庄严宣布：年后，我们村四个初中生要到山外中学去复课，这令我们欢呼雀跃。已经在家停学一年的我们，元宵刚过，穿上最新的衣服，如四只出山的小鹿，一路跳跃翻过山坳，飞过青溪，将歌声和笑声，洒落在山村小路的每个弯弯拐拐。

那一年，高中毕业后在家劳动锻炼了五年的我，怀揣一张中专入学通知书，喝下乡亲们的三杯辞行酒，在朝雾未退的早晨踏上了那条山路，我要到很远很远的地方去读书。第一次告别父母远离故乡，不知道山路的前方等待我的将是什么？恋家的泪水滴落在缠缠绵绵的羊肠小道上。

那一年，在故乡县城工作了十年的我，就要远离故乡到沿海的城市去工作，我特地回家向故乡告别。当我踏上故乡的土地，熟悉的小路已经变得陌生，昔日的黄土小路已成阳关大道，小车摩托飞奔而过，路边新房并排而立，乡人在春风里绽开迷人的笑靥，山路上到处是欢乐的歌。村长欣喜相告："这是乡亲们集资修的路，路通财通，全村已拥有摩托车、拖拉机、'小四轮'、小轿车、大卡车等数百台，已安装电话一百多部，我们村不穷了啊！"

沿着数百年岁月走成弯弯曲曲的山村小路，在即将迈向二十一世纪门槛的历史时刻，与富裕了的乡亲们一样，终于站直了腰。山村小路已告别辛酸苍凉的过去，向崭新美好的未来延伸。我不禁为小路的明天欢呼，更为故乡的幸福喝彩！

每年中秋，当我在异乡咀嚼着那枚皎洁的皓月，总会将祝福和奢望寄给远方的故乡和那条小路。寒来暑往，晨钟暮鼓，岁月的潮水，永远无法漫过我那心中的故乡小路；岁月的锋刀，永远也无力拔出我深深种在山村小路上刻骨铭心的那段情根！

（原载于1998年2月24日《惠州日报》）

在水一方听风乍起

五彩惠州

白鹤峰

耸立在岭南东江之滨,也许你是世界上最小的山,充其量仅"高五丈,周一里",中国文学史却绕不开这座山峰。

遥想当年,横卧白鹤峰紫翠间的数十间斗屋,为远离京都的东坡先生遮风避雨,为漂泊的羁旅带去一丝慰藉,难得于"报道先生春睡美,道人轻打五更钟"。喜迁新居,欢宴宾客,先生祈望从今山有宿麦,年丰米贱,气爽人安。

喜庆鞭炮的淡蓝色硝烟尚未散去,"不辞长作岭南人"的墨迹未干,朝廷一纸"琼州别驾",将先生的残梦一举击碎,令先生"白头萧散满霜风","身随残梦两茫茫"。贬至天涯海角,与埋在惠州西湖畔孤山的爱妾王朝云从此天各一方,"伤心一念偿前债,弹指三生断后缘",和朝云"不与梨花同梦",只能"千里共婵娟"。

早生华发的先生蹒跚出门,与白鹤峰挥手告别,晨光中转身上路。你再没有回头,但此时此刻,先生唯有泪千行。这段历史,就被你的泪水湿透纸背。寓惠三年,你让古城沾上的书卷气千年不息。遗憾的是,即使再过一万年,又有几人能读懂你那"一蓑风雨任平生"和"一肚子的不合时宜"?

岁月并没有在人们的谈笑间灰飞烟灭,先生的故居却早已片瓦无存,站在枯竭的东坡井旁,我仍在故国神游。看远处青山仄斜,夕阳西沉，谁在东江边唱响了"大江东去"？暮色中，一只孤鹤正振动翅膀，一路向西，向西……

红花湖

你的五月是一张薄薄的明信片。

当红花嶂上的岗稔花蓓蕾欲绽，你便褪去厚厚的冬装，轻轻舒展一下筋骨，露出媚人的超短裙。

山岚吐翠，草叶泛绿，百花竞艳。

一行白鹭，惊起于大石壁畔，沿着夏天的方向飞翔。

"山不高而秀雅，林不染而滴翠"，那道高高的斜坡，连接着高峡平湖和繁华市区。蜿蜒的环湖绿道，是飘落在水岸的黄丝巾。野山桃和星星花盛开的觞咏亭边，一山春树绿如蓝。燕子掠过水面，作最惬意的滑翔，将岸柳剪成婀娜的春姿。水帘飞瀑，漱玉流霞，抖落满天星，化作潺潺溪声，绕过麓园、红花坊，流入"苎萝仙子"的梦中，为惠州五湖注入最清澈最诗意的微澜。

数枝桃花，几泓碧水，一帘幽梦，也许这就是你的全部。我一直在寻找那美艳的红花，却难觅半片花瓣。是谁将满湖的红花藏起，以至让我不见红花的踪影而备感失望，扫兴而归。

金带街

七百多年，你活得郁郁寡欢，无数战乱更让你焦头烂额。"颓垣雨暗缘青藓，坏屋烟寒长绿篁。"你发黄的履历书上笔画潦草，墨迹迷糊。

梅花馆斑驳的粉墙，是你沧桑的白发；陈公祠残缺的窗棂，是你脱落的门牙。弯弯的巷道,折叠着多少尘封的典故。门缝微开,历史的细节就探出半个头。

没人知道,传说中的金带埋藏在九街十八巷的哪块青砖下,或许它就在历史的某个章节里正襟危坐,在聆听闻名遐迩的叮咚巷依然不绝的回音。

步出巷口,西湖边火树银花,灯红酒绿,千年古城疾驰在梦醒时分;文明的气浪,已将往事冲撞得支离破碎。大街上走着天南地北的人,却并非为寻找金带纷至沓来,没有人相信传说,更没人被你带入历史的迷巷。

于是我惊叹:远古与现代,仅一墙之隔!两者之间,联系得那么紧密,过渡得又如此自然。将古今衔接得天衣无缝,似乎与金带无关。

紫西岭

我每天清晨与你擦肩而过,匆匆脚音敲响在悠长深巷。

从稀疏的树缝间洒下的数缕阳光,为早醒的龙船街打上斑斓的唇印。

一条大黄狗懒散地睡在三月的边缘,做着它的白日春梦;一袭簕杜鹃攀上墙头,向蓝天绽放着玫瑰色的心事。理发店门口有盘永远下不完的棋,湘菜馆的炉火即将燃起一个热辣辣的夏天。卖北方馒头的小店里,诱人的香味飘逸了一个秋冬,没有人知道它何时方休。那间棉胎加工店,随立秋的第一片树叶落地锤声便悄然响起,为市民预备了充足的御寒之物,主人可不问这座城市今年有没有冬天。幼儿园的童声,稚嫩得能挤出水,也唤不回紫西岭当年的旖旎风光。

不见了"万井参差烟火稠"的繁华,也不见"翠耸楼台粉蝶浮"的美景,飞檐铁柱的"潜珍阁",香火鼎盛的"三摩庵",已随风飘远。是何人对历史进行了无情的拆迁,令后人喟叹"凭吊坡公谁与友,佳名今得子西留"。

环顾四周,市声盈耳,我感悟到你正脱掉大宋的罗衫长褂,换上了西装领带,演绎出一幅现代版的《清明上河图》。

蓝波湾

在大湖溪东隅,我与你不期而遇。当你揽我入怀,我知道这里并非"梦里水乡"。

小桥流水处,紫燕低飞;笙歌花香里,柳丝轻扬。几朵落花,敲醒了数圈涟漪;一湾碧水,酝酿出万种风情。匠气十足的别墅,以一种卓绝风韵,夸张着现代奢华。"Number one",英语中的"第一",却成了最诗意的"蓝波湾"。

月亮湖是月亮温暖的家,黄昏时节,她常在潋滟的波光里徜徉。她在大湖溪刚一露脸,许多浪漫的故事,也往往唱响序曲的第一个音符。月亮来到露河上,一片浮云拂过她的脸,月亮将其轻轻拨开。调皮的风儿悄悄闪出,将月光捣成万张碎片,月亮不恼不怒,待风儿离去,又还原成一个圆。

谁也没法与月亮较真,她要露脸,凭谁能挡?

当一江渔火扯下漫天繁星,露河的涛声便挽着牵牛花藤恣意地爬过篱笆墙。周杰伦的《青花瓷》,从竹林深处悠悠飘出,如夜潮浸润了整座"水城"。

真想在这里住上一宿,夜半钟声里,应该有蓝色的梦……

（原载于 2009 年 2 月 8 日《惠州日报》。入选《2010 年中国散文诗精选》。在"2011 年全国散文作家论坛征文大赛"中获一等奖。中国散文学会会长林非点评此文说："曾平的《五彩惠州》，描摹惠州的几个景点，形象生动，文字优美，颇有诗意。"由中外散文诗学会主办的全国发行刊物《散文诗世界》2013 年第 8 期发表。）

鹅城四方

东　平

你拥有一个诗意的名字：东平半岛。在两江之间，画出一道美丽的弧线。每天清晨，第一缕阳光就在这里落笔。

你像一幅水彩画，环岛路就是这幅画的相框，波光潋滟的两江之水，就是蔚蓝色的衬底。

其实你更像一部史书，合江楼就是这部史书精彩的序言。沿着水东街一字排开的商铺店肆，那是这册线装古籍散落的章节和插图。再往深处读去，在古巷尽头的东坡亭下，会拾捡到一代词人遗落下来的页页书笺，能闻到白鹤峰上飘来的阵阵书香。

合上古书再往东看，又会读到"荷兰水乡"的现代梦幻童话，以及金山大桥那气势如虹的"春天的故事"。

一座马踏飞燕雕像屹立在东平公园，是全国优秀旅游城市的标志，也是这座城市引人入胜的名片。

西　湖

从远古的沼泽地，到今日的西湖，上千年的美丽蝶变，你只轻轻打了个呵欠。

满目烟霞疏林处，一半秋山送夕阳，春红柳绿，斜风细雨，总是那么风情万种，又是那么愁肠百结。

想当年，一轮大宋的明月下，东坡先生踯躅孤山，临风赋诗。如今，楼台渐稀灯渐远，西湖夜月已浓缩成一阕宋词。游人徜徉于迂回曲折的亭台楼阁，不注意就踩在了平平仄仄的词韵间。那长长的苏堤和弯弯的九曲桥，不正是词人反复推敲的长短句？

蓦然抬头，高高的泗洲塔，原是这首词的点睛之笔！

南　坛

当三月的风把太阳吹暖，南坛每座房子的阳台和大街上的每棵大树就开始"立春"。白鹭鸟从南湖起飞，振动白翅掠过晴空，校园里已传出孩子们稚嫩而爽朗的读书声。

新的一年，新的一天，就这样开头。

南坛，好神秘的名字。可是，我走遍这里的古道深巷，也没有发现任何庙坛的寸墙片瓦和蛛丝马迹。

夜翻史书，掀开历史的一角，在浩如烟海的字里行间，终于找到数行文字的简单记载：风云雷雨山川坛，简称"山川坛"，明朝洪武二年某一天建成。

从此，香火鼎盛，烟岚缥缈……

也许是废于战乱，也许是毁于炮火，也许是佚于时空，总之，在历史的长河里，山川坛消失得无影无踪，不留一丝痕迹。

我环顾四周，见高楼林立，商铺云集，车水马龙，人如潮涌，现代气息如春风扑面。

水 北

　　许久以来，老祖宗就把你遗弃在东江北隅，甚至于不太喜欢你的名字。

　　于是，你成了野草的故乡。枯萎的古藤和一地落叶，写满憔悴和沧桑。

　　望江南，多少楼台烟雨中；而此地，依然是天苍苍，野茫茫。盈盈隔水共谁语？

　　惊涛拍岸，草木惊心，千年江声里，有你哀怨的歌。

　　当千年的古渡废弃，五座大桥横卧东江，这里就成了这座城市的心脏。千年的霞光，终于抹亮了你的面庞，从此你和那张破碎的脸一刀两断，晨曦升起，紫气东来……

　　入夜，漫步市民乐园，月色如水，霓虹闪烁，彩色射灯光柱不时划过长空，歌声随夜风轻轻飘来，正是惠州人耳熟能详的《东江谣》。

　　（原载于 2008 年 12 月 14 日《惠州日报》，入选王剑冰主编的《2010 年中国散文诗精选》）

逐梦象头山

一

过去解读你,我只能依靠幻想。

虽然我与你的距离并不遥远,但我从没机缘亲近你。

每当我走过西湖之滨,你总在我的前方,笑靥相迎。

眺望你的身姿,你经常烟岚缭绕,披一袭神秘面纱,让我难以看清你真实的面庞。

于是慨叹,想说爱你不容易。

二

顶着七月的一片阳光,我终于走向了你。

一条进山的路九曲回肠,把山里的风光缠绕装扮得风情万种。

一泓清泉从小金河飞流直下,四溅的水花将清亮亮的山魂打湿。

耳边传来轻轻的风声,那是古陌荒阡千年不息的呼吸。

我粗黑的手掌,舀一捧山溪水,放在明媚透亮的阳光下,我终于看清了大山的倒影。

就那么一眼,仅仅一眼,我深深爱上了你。

三

你一定不会忘记，在漫长的岁月里曾经有一片泛黄的往事席地而坐。公元前214年的某一天，频繁战乱中，走来了一群衣衫褴褛的人，在山坳里点燃了第一缕炊烟。

后来，苗、瑶、汉三族的男男女女，相继来到了范家田，他们远离战争，男耕女织，春种秋收，生活在世外桃源。

也许，是姓范的最先来到这里，或者是范姓人在这里成了大姓，也许，这里的土地很适合种番瓜，总之，这里就叫"范家田"，一直流传至今。

不管这名字来历如何，总之，你与人类从此结缘。

四

数千年的沧桑，淌过天堂山下的每条黄泥石板路。昔日的山里人家，早已淹没在一片蓬莱之中。历史单薄如纸，总在弹指一挥间。如今站在济公顶山坳，仿佛依稀可以听到那穿透岁月的高亢旷远的歌声，历史总在叹息。

静泊一杯岭南的浩渺烟雨，拂去冷寂无痕的一片红尘，剩下的，是一段恍如隔世迷蒙柔情的梦境。

谁还站在白茫河边，任过山风吹乱发梢，双手紧捧着那一片失色的枯叶，静听叶脉深处的花开花落，难以厘清不可遏制的思量，随溪声远去……

仙桃石下那株开得正艳的岗稔花，临风高唱。

五

象山之上，蜂蝶纷飞。蟹眼峰顶，天风徐来。

1024.2米的海拔，并不算高，却足以令人景仰。

在你的脚下，我们渺小得犹如白水寨里的一片半枫荷叶，雷公河边的一丛狗脊蕨，榕溪沥畔的一棵红毛草。

走入大山，犹如打开了一把竹制的扇面，看掠过山巅的金头缝叶莺，漫山遍野的桃金娘花，攀岩缠树的买麻藤，遮天蔽日的山乌桕，都是大自然中随意涂抹的丹青一笔。在独立高处的象头石和望乡石，是精心勾勒的绝佳"画眼"。

我们在溪涧乱石间戏水，把蜻蜓蝴蝶摄入镜头，将河石野果装进行囊，迷失在久违的童年时光中。

我在你温馨的怀抱中，脚步轻轻，生怕踩痛了你的影子。

六

当美丽走过每座峰峦的缠绵，仿佛千年的等待。当人类在这里立下那七座界碑，你在岁月的边缘游走的日子已从扉页翻过。

我喜欢爬山，更乐于读山。

当我站在济公顶山坳向南眺望，惠州城的大厦楼宇如海边帆樯林立，象头山的每一道山脉都与这座城市紧紧相连、息息相关。

其实，你正是这座城市的后山、靠山、福山。

你在滋润佑扶着这座城市，福祉它的安宁祥和，让这里的子民岁岁平安，夜夜梦甜。

七

但我们对于这座山，又想过多少，付出多少？

人类总是那么自私那么贪婪，总是只求索取少予付出，总是唯我独尊自作聪明以为主宰万物。其实人类总是聪明反被聪明误，搬起石头砸中的却是自己的脚，每次大自然灾难的伤口正戳在人类的痛处。

可人类的觉醒总是太迟，太慢，太难！

如今，我不知有多少人能解读出你对一座城市存在的意义？也许，大部分人把你仅仅看作西湖之滨的一幅背景画，对你的热爱和迷恋，也仅仅是来这里休闲、避暑、度假、探险。

在回归自然、返璞归真之余，似乎还有更多。

而我们读懂了多少？

八

踏山归来，将两袖清风和一身花香捎回了城里。

夜色，依旧怡人；星光，依旧灿烂。西枝江在霓虹灯下窃窃私语，东江游轮在汽笛中踏浪而来，滨江公园游人如鲫风中漫步。

又一个幸福的夜，如期而至。

我独倚在朝南的阳台，仰望象头山的方向，听岁月的风在都市上空轻吟，看时光在指缝间轻轻滑落。直至深夜。

今夜，我心中的象山云海，能否沐月而来，揽我入梦？

（原载于2010年第5期《东江文学》，入选《2010年中国散文诗年选》）

沧桑汤泉

一

1094年10月12日，阳光透过薄薄的云层，轻轻地抹亮了白水山南麓的山坡，一群小鸟快乐地飞来飞去，十月的秋风温柔地掠过树梢，刮起松涛阵阵。满山的枫叶红了，恣意地点染着山谷。

这是一年中最美丽的季节，汤泉这一天迎来了一位尊贵的客人，一代词人、从京城贬谪南来时年59岁的苏轼大学士，经韶关，过广州，踏罗浮，至汤泉。白水山的湖光山色，林涛飞瀑令先生心胸豁然开朗，神情为之振奋，一路的风尘疲惫，一路的沮丧悲怆，统统被抛至脑后，他沐浴于湍流玉雪悬瀑之下，手捻美须，放声浩歌："双溪汇九折，万里腾一鼓。奔雷溅玉雪，潭洞开水府。"

数月后，先生陪正辅表兄又一次来到汤泉，先生走至石流下，宽衣解带，跃入泉中，身轻有如春燕，更似蜻蜓戏水，激起浪花朵朵。"永辞角上两蛮触，一洗胸中九云梦。""解衣浴此无垢人，身轻可试云间风。"沐浴之后，先生文思似泉飞涌，有如神来之笔："汤泉吐艳镜光开，白水飞虹带雨来。"

从此，汤泉美名远扬，流传千古。

二

本人比苏老先生晚出生了九百多年，当然无法当面聆听一代词人的豪放高歌。1977年3月的霏霏细雨中，我从粤北山区来到白水山下的汤泉农业学校读书，安置好行李的翌日清晨就慕名直奔汤泉而去。面对从乱石中辗转而下的那股溪水，我并没有被感动，"出山不浊"的字迹显得混浊模糊，我也不知何人所题何人所书。三月正是乍暖还寒季节，凉水刺骨，无人更衣下水"一洗胸中九云梦"。沿着曲折的山路爬上九龙潭高处抬眼远望，四周一片荒野，杂草丛生处散落着数间旧房，几头老水牛在安闲地啃着刚刚吐出新绿的草芽，一只花母鸡率领一群小鸡在野地间扑腾觅食。哪里有什么湖光山色诗情画意？转了一圈只好早早打道回府，准备明天开学的功课去罢。

我与汤泉的初次见面并没有心旷神怡，激情澎湃。

三

今天，我又站在了汤泉这片土地上。距苏大学士第一次踏足汤泉整整过去了910年。

汤泉，如今已被打造成惠州市一个颇有名气的风景点了。汤泉酒店、汤泉山庄、龙泉居、飞虹楼、环翠宫错落于山间，掩映在绿树丛中，起伏有致，构图奇特。这是一幅精心泼写、设色清新的水墨山居图，且经过高手装裱，嵌上精美的镜框。现在，这幅立体的水墨画就等着您来欣赏。

周末之夜，你若约上三两友人，月下对酌小饮，对酒当歌，舞上一段"华尔兹"，吼上几句"小白杨"，然后在温泉中泡上一两个小时,在腾腾的热气中呵出几口秽气,当是十分惬意之事。

如果在盛夏,你还可以在九龙潭赤膊上阵激浪戏水,让大自然对您表示一下亲昵和温馨。当然,沐浴完毕在烧烤场亲自烹饪一顿美味夜宵也还是不错的。如深夜寓宿于汤泉,在朦胧的月色下临窗读读苏东坡,那就更富有诗意和浪漫色彩了。

其实,汤泉酒店前面的荔枝园更令我着迷。浓荫蔽天的荔枝树和软绵翠绿的芳草地,会使我想起故乡山坡上那片梨花盛开的青草地,想起青草地上悠闲踱步的那头老水牛,想起老水牛身后我信口吹出飘向蓝天清亮的笛声。

我想,如果在汤泉的荔枝园搭上一个乡村旅店或农家餐馆,茅房柴扉,木桌竹椅,壁上挂一顶竹笠,墙边放数张犁耙,水边养几只鸭鹅,门口蹲一条家犬,服务员尽祛粉黛、一色村姑打扮,每道菜均为地道农家菜肴,给城里人领略一下什么叫"农家乐"。

四

入夜了,汤泉瞬间华灯齐亮,一片璀璨,灯光将白天和黑夜劈成了两半,形成一道分水岭,将汤泉的夜幕扯开。红男绿女们三三两两,奔向荔枝园,奔向人工湖,奔向烧烤场,奔向九龙潭,去寻找属于自己的快乐天地。

忽然一声爆响,夜空中盛开出一幅美丽的图案,引起了一片惊讶声,烟花正式登场。

汤泉的夜生活,真正开始了……

(原载于2006年8月12日《惠州日报》)

鹅城散板

鹅岭晚风

　　在缀满晚霞的傍晚,独坐鹅岭,听得见风的手指轻抚松针,弹拨着岁月的琴弦,发出叮叮当当的历史回音。

　　风,曾将一代风骚吹向这历史的制高点,冷却积淀成山顶坚硬的石雕;风,又将一代名人吹散在历史的字里行间,让凝重悲壮的逸闻趣事,抖落在大街小巷的茶余饭后。

　　风,吹过了半个世纪,战争硝烟早已融汇在西湖的万顷碧波间。在风中弯腰捡拾片片飘落的黄叶,如米勒油画中的《拾穗者》。在夕阳下打开叶片,晾晒着一缕深沉而久远的岁月。悲啸的征鼓,声声而来,震荡耳膜……

　　风,终于掀开九十年代的灿烂华章,彩绘出新的群贤毕至图。

　　飞鹅岭的风,永远吟唱着时代的流行曲。

平湖夜月

　　乘着夜风,从苏堤起步,我在丈量着平湖的深沉;一池静谧,让人听得见平湖的心跳,在轻轻地荡漾着人的心扉。

　　半轮夏月,依偎在数片薄云上,如一阕婉约凄美的宋词;它静静地谱写在平湖,将"苎萝西子"笼罩于平平仄仄的词韵间。

月色随岸柳的柔枝滑落，映出一个个灿烂的笑靥。游人采你的亮光，编一圈彩环，戴于指间；织一帘幽梦，藏于心底。

清风飒飒，将我轻轻地吹回那久远的大宋，千年的沧桑，便凝固在泗洲塔下"玉塔微澜"的石碑上；如烟的历史，化成了一池永恒的记忆，是如此的辽阔，又是如此的深沉。

孤山脚下，词人的雕像永远活着，如炬的目光遥望着历史和未来。"六如亭"旁，王朝云踏着轻啸的松涛，从遥远的岁月间透迤而出，轻唱着凄美的爱情曲，和着月光银辉动人的旋律，瞬间铺满湖面，撩动游人的心魄。

于是，泪水濡染了苏东坡的每一阕词。

我将脚步放轻，眺望月色下的万家灯火。一片片星光，在我的掌心轻轻滑过，我惊叹月色并没有老。月色下闪闪烁烁的岁月鳞片，正鼓荡着蓬蓬勃勃的时代波涛，生生不息……

东江晨涛

东江在晨曦中伸个懒腰，舀起细碎的浪花，托起满江白帆。远处江心，船工号子，隐约传来，在不息地沿江而下。

浪起浪伏，昂首向前，"大江东去"是她永远高歌的千古绝唱；潮涨潮落，惊涛拍岸，"大浪淘沙"是她留给江岸的不朽杰作。

从来不喜向人暗送秋波，执着地赶自己的路，任人在身后喋喋不休，说长道短。

在共和国的版图上，张开一柄壮丽的叶片，万千支流组成辐射状的叶脉，两岸田园是叶片上溢出的绿。

东江，你用奔腾的气势和不息的涛声，造就出两岸旖旎的风光和不凡的神韵。

你是一本东江发展书，发黄的书页里写满悲怆的历史和豪壮的故事，万千两岸英雄儿女，是书中众多的主人翁。

　　驻足岸边，撩开江雾，在九十年代的天空下，东江在如鼓的涛声里，正孕育着一个又一个新版的故事。

（原载于1996年11月9日《惠州日报》）

西湖三月

西湖三月,是一幅美丽的画。

烟花三月,花海三月,三月充满诗情画意,西湖三月更迷人。

一场新雨后,风的纤手在苏堤柳枝的弦上轻轻一弹拨,三月就开始了。

平湖门西湖牌坊旁,高大的红棉树枝冠上,亮出无数只戴有红手套的小手,热烈欢呼着春天的光临,走进激情燃烧的季节。

紫荆花、宝巾花、迎春花,含芳吐华,姹紫嫣红,在西湖畔的每个角落各展艳姿,让美丽的心情绽放在花期拥挤的三月。

飞鹅岭下,五湖之滨,万物在春风里苏醒,柳枝、绿叶、幼芽,竞相在暮春露出娇容,站在春的边缘窃窃私语:"莫错过季节,过了这村没那店,赶快生长吧!"一份无奈掠过它们的心头。

环城西路的香樟树,早已褪去冬日里黛绿的颜色,一律用大气圆润的湿墨,大板块涂抹上深深浅浅的新绿,让透过树丛的斑斓阳光,装点乌黑的马路。

被淫雨揉皱的西湖,经春风悄悄熨平,呈现出更加静美的姿颜和更为妩媚的微澜,画船和游艇,在烟波里出没,在柳絮间穿行。

南方飞来的紫燕,在鳄湖和菱湖间不知疲倦地如梭往来,似轻捷灵巧的剪刀,裁剪出精美的图案和春天的祝福。

白鹭成群结队,从远处飘忽而来,越来越近,转瞬飞过头顶,一两声鸣叫划过长空,洁白的身影蹁跹泗洲塔旁瑰丽缤纷的霞光中。

孤山下，在苏东坡多情的目光里，三月的风变得温柔甜润。"春江水暖鸭先知"，点翠洲旁新落户惠州的黑白天鹅，在春日里尽情戏水，曲项天歌。

"一年之计在于春"，刚下火车来到惠州的补鞋大嫂，还没来得及抖去旅途的征尘，就在南湖边摆起了古老的摊档，吆喝着过往的行人。回北方老家刚过完年的卖糖葫芦的老头，又在平湖门做起了买卖，残旧的自行车后架上，竖起了串串红果。他们以特殊的生存方式，在春天里赚下今年的第一分钱。

去年冬天看见过的卖唱艺人又重现丰湖畔，一把破旧的高胡吟咏着生活的艰辛，琴筒上厚厚的松香粉末，注明他走过的日子。偶尔有人扔下硬币碰出清脆声响，在他忧伤的琴声里，敲进一记欢快的打击乐。

明月湾的树丛间，闲庭信步的遛鸟老人与打太极拳的晨练阿婆，在清晨的阳光里投下怡然的剪影。鸟市里百鸟争鸣，高一声低一声，鸟语如花。马路上车水马龙，"工薪族"或驾驶着崭新的自家车，或乘坐飞驰的摩托，他们匆匆而去的身影，与悠闲的老人形成反差，组成西湖边一道独特的风景，点缀着如歌的三月。

春风沉醉的晚上，华灯璀璨，"一更山吐月"，西湖蛙声已远，流行曲在鹅城夜空恣意徜徉。霓虹灯照亮每座高楼大厦歌厅酒肆，灯影下相拥而行的少男少女，青春的脸上写满幸福，手中的红玫瑰，洒落一路清香。

风起了，吹皱了一池春水和千片花絮，三月的西湖，从此鲜活得风情万种……

（原载于2007年4月1日《惠州日报》，入选《2010年中国散文诗年选》）

山村飘过千千阕歌

乡村书简

乡　路

　　一声回家,我就将乡路摆在了方向盘的前方。连接末端的,是家乡玉岭漫山遍野的岗稔花和缱绻在岁月深处的老祖屋。

　　曾经让平缓的山峦变得逶迤起伏的寨下埂山坳,曾经随着芦苇花摇摆的彭寨河栈桥,曾经"鹤立鸡群"长在西山下河堤上的那棵"狗榨树",如今,在笔直坚硬的水泥公路尽头被全部清空,化作了难以辨认的一缕青烟,消失在某年某月的某一天。

　　大路边,当年在河滩上赤裸全身抓鱼摸虾、搏石头仗的无愁少年,正抱着他的孙子坐在长满青苔的门楼上,蒙眬的双眸里只剩下童年往事;当年在河堤上裙裾飘飘的花季少女,喝了婶娘一碗月子酒曾醉倒在河边的菜地里,如今已远嫁他乡,在春天的广场上轻歌曼舞,也常在漫长冬夜月色下,悄悄咀嚼难解的乡愁。

　　现代文明之风正一点一点吹落山村的原始和古朴,美丽的村舍大多人去楼空,沿路"一去二三里",仅剩"烟村四五家",只有爬满瓜藤彩蝶蹁跹的篱笆园,池塘边迎风盛开的数枝桃花,没有被时光所搁浅,依然在三月里倔强地绿肥红瘦。

　　破与立总是毫不相让,新与旧只有委曲求全。

　　难掩的伤感已随乡路悄然远去,迷茫的未来正站在村头频频招手。十字路口,何去何从?山村左右为难。

乡 土

粤北山区那座叫"仙人嶂"的大山，是家乡最宽阔迷人的背景。

村落如天女散花般撒落在她的四周，媲美桃源，仿若仙境：巷道纵横的十聚围，浓荫覆盖的松树林，温泉紧邻的滚水河，小河环绕的西山下，风景如画的玉岭村，层峦叠嶂的大水坑，鱼米之乡的马塘围……

彭寨河，母亲河，是仙女石飘出的玉带；彭寨街，是玉带上一个厚重浓情的结；彭寨人，是这结上伸向四野的藤蔓。

春来山花开满坡，夏至瓜果满田畴，秋来稻菽千重浪，冬至牧歌漫山飘。家乡的土地一年四季披星戴月，在丰收的歌声中汗流浃背。

外人看不出精彩神奇，乡人读来却娓娓动听。

故乡是隐藏在我心底的一份情殇，身居异乡，最怕在农耕时节读陶渊明的"守拙归园田"，在中秋之夜读杜甫的"月是故乡明"，在腊月将至读贺知章的 "少小离家老大回"，在美酒笙歌后读李白的"不知何处是他乡"。

一旦读及，百感交集如逆风飞扬，倒海翻江。

乡 夜

一头挑着晚霞，一头挑着炊烟，走进小道纵横的村舍，如踏入一幅"暧暧远人村，依依墟里烟"兼工带写的水墨画；熟悉的方言俚语，和着老牛的哞叫和鸭群的嘶鸣，没有乐谱，稍失音准，是白天上演的终场曲目。

星星刚在窗口露脸，夜风就来轻轻敲门。

夜风如一支清亮的单簧管，吹响了山村小夜曲前奏。小河和小溪在竹林下相会，恰似大提琴和小提琴的协奏。蟋蟀和蝈蝈闪亮登场，多声部合唱响彻旷野。

　　夜，沿着曲调，深一脚浅一脚向纵深走去。

　　手电光从不同的屋角聚来，妹夫的房间，成了村中的娱乐室。山村不喜欢电视剧，不喜欢互联网，不喜欢二维码；山村喜欢清明茶，喜欢大旱烟，喜欢麻将桌，更喜欢山村里原汁原味、土里土气的"新闻联播"。

　　妹夫取下墙上的二胡，山村顿时流淌出轻浪微澜的"江河水"，我也操起了久违的秦琴，悄悄拨动"月光下的凤尾竹"，在深沉的冬夜，荡开乡恋的圈圈涟漪。

　　乡村的夜与城市的夜总是错位，城市在灯红酒绿梦醒时分，山村却醉卧梦乡呓语连绵。

　　溪流浅唱，秋虫低吟，夜未央，月已斜。

　　忽然，远处一声狗吠，将星星震碎。

　　星光，瞬间洒满了半个夜空。

（原载于《散文诗世界》2014 年第 10 期）

山　村

　　山村，是一个对立统一体，永远产生着两个极端，充满着难以排解的矛盾。山村的优美恰似一篇散文，又深刻得俨然一部哲学——

　　山村很大，从村头到村尾，得走半个小时；山村又很小，村头有点儿小事，村尾即刻知晓。

　　山村很老，谁也说不清它的年龄；山村又很年轻，你找不到任何展示历史的残垣断壁。

　　山村很忙碌，日出而作，日落而息；山村又很悠闲，冬天挤在墙角晒暖，夏天躺在树荫乘凉。

　　山村很肥沃，春天撒下千粒种，秋天收回万颗粮。山山岭岭，沟沟坎坎，有泥土的地方，就有收获；山村很贫瘠，从睁眼忙到闭眼，从年头忙到年尾，只能刚好填饱肚子。

　　山村很美，青山碧树，小桥流水，春天一身花衣，秋天一袭锦袍；山村又很不雅，大路旁有牛粪，新楼边有茅房，小孩到处撒尿，猪狗满村乱串。

　　山村喜事连连，娶媳妇嫁闺女生孩子盖房子考大学当干部，喜宴摆了上家摆下家，鞭炮响了村头响村尾；山村孬事也不断，争地皮打官司吵嘴斗殴兄弟相扑妯娌对骂，害得村主任劝了这家劝那家，按下葫芦起来瓢。

　　山村很时髦，冰箱、彩电、摩托车，城里人有的村里人全有，卡拉OK,城里人会的村里人也会;山村又很保守,姑娘不敢穿裙子,男人不敢打领带,男女谈恋爱要偷偷摸摸,夫妻走路要拉开距离。

山村很讲义气,这家帮那家割稻,那家帮这家砍柴,你帮我办喜事,我帮你盖房子,不图回报,不计报酬;山村又很易上火,为一寸土一句话一元钱,常要对簿公堂大打出手反目为仇世代积怨。

山村很有规矩,六十岁的老头叫三岁稚童为叔公,两岁小姐在七十岁的老太婆面前是大姑,辈长的长,辈小的小,依辈称谓,族法难违;山村又很不客气,男男女女,老老少少,都给起一个绰号。问起真名无人晓,谈起绰号全村知,真正的名字,只在身份证上找得到。不管你在外边当了多大的官,村人仍直呼姓名或绰号,山村可不认官场上那一套。

山村有致富的万元户,也有背债的"万元负",进出山村的陌生人,有讨债的,也有还钱的。村人在年头同时走出山村往外谋生,而年末的收获却不尽相同,带回千家万户的,既有欢喜,也有忧愁。

山村既属于老年人又属于年轻人,山村既属于男人又属于女人;老年人使山村成熟,年轻人使山村浪漫;男人使山村富有,女人使山村甜美……

山村既让人生厌,又使人眷恋。村里人祖祖辈辈不懈拼搏总想走出山村,千方百计脱离山村,他们说山村有无尽的苦涩,山村有无尽的痛楚,山村有令人椎心泣血的无尽悲怆;而远离山村的游子又昼夜挂念山村,寸阴若岁思念山村;他们说山村才有问候,山村才有温暖,山村才有甘饴如泉、纤尘不染的乡土人情。

这就是生我养我的山村,令我魂牵梦萦的山村,既平平庸庸又风风火火,既普普通通又轰轰烈烈,似不值一提又刻骨铭心。

山村在谱写着瞩目的辉煌，也在产生着难掩的瑕疵，既常让人欢欣鼓舞，又偶尔令人痛心疾首。

夜月临窗，乡梦延续。每当想起那片土地，总祈祝山村在未来岁月的春风秋雨中，遗落摒弃愚昧落后，耕耘收获文明进步。

（原载于 1995 年 8 月 13 日《南方日报》）

岁月田园诗

山村,是一部世代相续、绵延不断的长篇史话;村前小溪,那是一位天才作家,从秋写到冬,从春写到夏,文思如泉,流水成章。

山村,在共和国的版图里,在千壑万堑的皱纹间,静静而立。斜面是它的主结构,绿色是它的主色调。那阡陌田畴,高至山腰低到涧底,大的绕过几道山梁,小的斗笠可以遮挡。

曙色微明,山谷飘出千缕炊烟;青峰夕照,树梢挂起万道彩霞。

山村似一本月历,四季常青的山水是十二张永不变色的画页,日夜奔腾的小溪流去的是挂历上的日子。

山村的历史无从追本溯源,有了房子,也就有了炊烟;有了人家,也就有了歌声;最早的人踏着小路进来,又开出大路出山;最先是黄泥路,继而是石板路、机耕路、水泥路……

一代又一代,在这方贫瘠的土地上播种着希望,孕育着收获,企盼着富庶。尽管命途乖蹇却从不绮靡颓废,不息的生命,支撑起不灭的信念。风雨过后,依然是深挚刚毅,旷逸热烈。

斗转星移,沧海桑田。改革开放的春风使山村变得美丽丰腴,风采照人。你看,村口那幢三层钢筋水泥房,那是村里人集资办起的第一所小学。过去的地主老财也没福气住这样高级的楼房吧?如今成了九十年代孩子们的乐园。

比老榕树还高一截的是输电线杆,它为山村驱除了黑暗带来了光明;比山后竹林更茂密的是电视天线,它让沉静寂寞的山村变得欢乐沸腾。

　　袅袅炊烟是山村的一道温馨迷人的风景，但这风景正逐渐成为历史，最先改变历史的是村头二大叔。他从山外运回来的一车煤，掺泥加水压成饼，放在灶内燃烧做饭，他家的烟囱从此不再冒白烟，全村往昔那个样子的炊烟便日渐减少。随后又学城里人将煤气炉具搬回了农家灶头，那山村炊烟，便悠然消逝在历史烟云之中……

　　继之而来的，是清爽强劲的改革之风，山民们第一回投票选举村主任。满嘴白胡子的三叔公，一边嘟囔着"姜还是老的辣……嘴上无毛办事不牢"，一边恋恋不舍地离开坐了十多年的交椅。接替他的，是二十出头的毛头小伙子。他在山外县城中学喝足了墨水，又回到这块生养他的故土上。他不满足于唱了好几代还一直没能唱好的山歌，正以新一代山里人的风范，书写着具有时代风貌的田园诗。

　　如今，三叔公还是难改老习惯，和年轻的村主任说话总爱骂一声。他成天叼着长烟筒在村里转，眯缝的双眼透过迷蒙的烟雾，看年轻人招外商、引外资、办工厂，一天比一天干得红火。村里人问他感觉如何？他磕磕烟斗咳嗽几声："我说不行，大家说行，实际又行，我不服不行！"那话又嗔怪又幽默又实在，也不顾围了一圈的老人小孩笑得前仰后合。

　　三叔公终于醒悟，山村的日子就是一代接一代撑出来的。山外青山楼外楼，这山更比那山高，山里人应该一代更比一代强！

　　啊，古老质朴而又充满生机的山村，正在老人们的点头、赞许或摇头叹息中，在年轻人的青春热望或百回挫折中，拂去历史的风尘，迈向福祥的未来。

（原载于1994年9月23日《惠州日报》）

山村小夜曲

远山，夕阳，晚霞。

——山村的黄昏，是一幅梦幻般的风景画。

小河边摇曳飘拂的柳枝，剪出了暮归的老水牛和淘气的放牛娃。放牛娃在空中甩一个响鞭，就着余晖，掏出竹笛，吹出袅袅炊烟，吹出烁烁繁星，吹出弯弯月牙。

山坳村口，摩托车追逐着归巢的燕子，飞过绿绸般的田野，姑娘的裙角沾满稻花。银铃般的笑声，伴随着轰鸣的马达声，回荡在层峦叠翠的山峡。小巷深处，欢快的乐曲从庭院传出，跳荡奔放的音符，缠绕在爬满瓜果的篱笆。在堆满鲜花盆景的阳台上，小伙子们娴熟的舞姿是那么俊逸潇洒，和着大黄狗的汪汪叫声，和狮头鹅的仰天长鸣，小姑娘放下炒菜的锅铲，拿起了麦克风，那稚嫩的歌喉在傍晚的星空下，尽情忘我地卡拉。家家户户饭菜飘香，每个碗碟都盛装着一个丰收的故事，在诉说着山里人劳动致富的山村夜话。每个圆形的饭桌，都是一张喜庆的唱片，在不息地播放农家人自编自唱的人生嘉年华。大婶戴上金项链，把如烟往事画了个圆。大叔将领带和喜悦系上，把大写的叹号胸前长挂。孩子们娇若桃花的粉脸和色彩缤纷的新衣，那是乡民们用心血描绘的时代风俗画。

老榕树下，婆婆、媳妇、孙女，灰头巾、连衣裙、电池车，展示出山村岁月更迭的变化。他们历史地融合在一起，也许在延续山村的秋冬春夏。八仙桌旁，一圈酒杯外，又一圈白胡子，他们把山里人火红的日子写上了脸颊，他们早已将口袋里的大旱烟换成了过滤嘴，历史的烟云，在他们口中吞吐，变换，升华。

踏着淡淡的月色，走进宁静的山林，这里是情侣们的天下，口红耳环，西装领带，和城里人一样的高贵典雅，老人头和高跟鞋，齐齐踏响河边的石级小路，弹奏着青春的筝琶。小河静静地流，晚风徐徐地吹，还有轻轻撩拨的吉他。

英俊的小伙子，早已放下祖辈的犁耙，他揩净手上的拖拉机的机油后，饱蘸爱河之水，把山村的美景描画：明年我要在村里集资开一间农家旅馆和美发室，让乡亲们的生活再来一次从头变化，也让远方来客得到更惬意的安排。姑娘的明眸轻荡着爱意，甜润的声音渗进麻辣。好啊，让我们的村主任当董事长，你当经理我当管账，咱们同心合力奋斗，一年准发。

"还没过门就当贤内助，也不怕人笑掉大牙。"

"把人心当狗肺，该打，该打！"

林子里突然飞出两个身影，飞下山坡，飞过小河，尽情嬉戏在温馨无边的月色下……

（原载于1995年3月7日《中山日报》）

山月如钩

犹如追溯一个古老悠远的梦境，寻觅一片日渐失落的童心，纵然领略过北京长城、杭州西湖、江西庐山、厦门鼓浪屿的壮丽风光，但又怎能淡却和涂改写满故乡情愫和童年故事的山村月色。

月缺是诗，月圆是画。少年之心，总爱看画。犹如追溯一个古老悠远的梦境，寻觅一片日渐失落的童心。

山月如钩，永远勾悬着母亲的瞩望；山月如镰，永远割不完游子的乡愁。

故乡四周皆山，月儿总是姗姗来迟。

渐入黄昏，暮蝉声尽，繁星闪烁，太阳早已沉入山谷安睡，将脱下的一身晶莹湛蓝衣裳留在了天宇。山峦叠出剪影，炊烟似动非动，乡野宛如图画，幻化成一片诗的景致。

小伙伴手执小板凳，在地坪上一字排开，等待月亮的检阅。"犹抱琵琶半遮面"的月亮，在松针树梢间蠢蠢欲动，摇摇晃晃挣脱了林裹峰拥的锦袍，许久许久，才战战兢兢甩出一个圆满圣洁的微笑。

于是，一瞬间，月光淋淋漓漓地飞泻下来，洒千般风情于人间，播万斛祥光于广宇，夜岚紫霭朦胧了村舍田野，天光树影狂写在苍茫大地。

于是，在山峦之上，笛声悠然响起，在夜空中轻盈荡开，散落在溶溶月色下。

白胡子的老爷爷和掉了牙的老婆婆，摇着破旧开瓣的蒲扇，也摇出了古老神奇的童话,不但有"嫦娥奔月""玉兔舂药""吴刚献酒"的传说,还有"张果老砍大树永远砍不断"的故事。

我们就在大人的轻抚和优美的童话中,在爷爷奶奶温如三春的怀抱中,悄悄进入梦乡……

年复一年,我在故事中慢慢长大,故事也让耳朵听腻,终于在那一年的中秋之夜,独自跑到小溪边的竹林下,放开稚喉唱起了那首新学的歌曲:

> 月亮在白莲花般的云朵里穿行,
> 晚风吹来一阵阵快乐的歌声,
> 我们坐在高高的谷堆旁边,
> 听妈妈讲那过去的事情
> ……

有时,则一个人静躺地上,怔怔地望着明月,任思绪像那月色一样自由挥洒驰骋,想何时才能踏上月宫?见到张果老,要问他为何那么无能耐,是斧钝还是力穷?而让天下小孩空听故事,耗去我们多少宝贵时光?

月起日落,冬去春来。在月色下我翻过的书越来越多,便不再受那故事蒙骗,知嫦娥、吴刚、玉兔均为虚构,那张果老亦查无此人无以问对,心中了却一桩心事。

"才下眉头,又上心头",对那月亮及其天宇间的无数伙伴神奇奥秘却产生了新的兴趣。

记得在新华书店偶然看到一套《十万个为什么》,对那其中天文卷却情有独钟爱不释手,用半年时间积攒了三角六分钱,终于将它变成了"私有财产"。在大人数回"尽耗煤油的叩书虫"厉骂声中连夜读完,翌晨便确立"将来当个天文学家"的伟大理想!

光阴荏苒,回首反顾,知那"伟大理想"已成泡影,日后也将无从实现。悲哀之余,却又迷恋上了吟诵月色的诗词。就像何处都有月亮一样,浩如烟海的五千年灿烂历史文化中,到处都洒满了月色。

月亮是永恒的主题,她供给艺术家缠绵的文思和浩瀚的诗兴,触动千古不绝的灵感之泉:"床前明月光,疑是地上霜。举头望明月,低头思故乡。""今宵酒醒何处?杨柳岸,晓风残月","月落乌啼霜满天,江枫渔火对愁眠","天秋月又满,城阙夜千重"……

翻开唐诗宋词,举目皆是月影。远游故乡,羁旅四方,最能勾起对故乡月色、故乡亲人怀念的,乃是苏东坡的《水调歌头》:

明月几时有?

把酒问青天。

不知天上宫阙,

今夕是何年?

我欲乘风归去,

又恐琼楼玉宇,

高处不胜寒。

起舞弄清影。

何似在人间……

每念至此,触动心情,情难自抑,不禁潸然泪下。

固然"月是故乡明",却难再回到小山村与乡亲们共赏月色。又是一年中秋节,在这美好迷人温馨祥和的夜晚,我就在吟诵出《水调歌头》和一代词人曾寓居过的东江、西湖边,向着遥远的故乡和久别的亲人,和着东坡老人抑扬顿挫的韵调再道一声:

但愿人长久,千里共婵娟!

(原载于1994年8月18日《惠州日报》)

茶　事

每当在都市一隅悠悠地喝着清茶，在缕缕馨香和腾腾热气间，我会想起茶场的昔日岁月，那是一段令人陶醉的绿色日子。

一

高中毕业翌年元宵节过后，我踏着小时候上学的小路，乘着无边春色来到大队茶场。我的家乡在粤北九连山麓，山村东面有座山峰叫仙人嶂，茶场的茶园便随意地散落在仙人嶂的坡梁谿壑间。场部则设在莽莽青山脚下，犹如波峰浪谷间的一只小纸船。

刚刚开春，无茶可采，场长便安排我们开垦茶带。第一次上山是个难得的晴天，曙色微明便被场长从梦中叫醒，荷锄携镰，飞步出门，向"云深不知处"的大山进发。脚下的溪流明净清澈，水声潺潺；头上鸟语长啁短啾，抑扬顿挫。两山夹溪，清风徐来，野花摇曳，蜂蝶翩翩，使人心旷神怡，不由得张开青春的歌喉。

当坡越来越陡，路越走越窄时，场长说目的地到了。举目四望，眼前尽是荆棘丛生的荒地，藤蔓纷披，攀撒四野。场长说就在这儿再开辟一个新的茶园，一声令下，我们举锄挥镰，披荆斩棘，当刨开新土，尽皆碎石。场长有本"种茶经"："茶园要辟在向阳处，茶树喜光；且要靠近水源，便于灌溉；要选择碎石子地，茶味才老到。"他煞有介事地说着，显得老成持重，其实他是前两年才初中毕业与我同岁的小伙子。

在大山里吃午餐既潇洒又惬意,石涧间飞泻的清泉是我们抹脸漱口洗碗饮用任意挥霍的奢侈品,姑娘们还用它在同伴身上弹溅,酿造出回荡山谷的银铃般笑声。

我喜欢在休憩的片刻掏出自制的竹笛,让高亢清亮的笛声在山巅壑底上下回旋,在蔚蓝晴空下与鸟语泉声合奏出古老的春歌。

此时,从坡谷吹出的风也被漫山葱翠染成了绿色,那是大山递给人们不断擦汗的绿手绢。山风总喜欢跟姑娘们嬉戏,不时撩乱她们的秀发或吹落鬓边的野花。当然,料峭的山风还恶作剧地钻进老茶农单薄的衣衫,他只好将一根藤条勒住衣领,以抵御寒冷的肆虐。飘摆的青藤是大山馈赠老茶农的原始领带。

吹散了笑声,擦干了汗水,我们的银锄却挥写出层层茶带……

二

意想不到的是,场长要向我单独传授剪茶技术。那天仙人嶂刚飞起第一抹朝霞时,场长便带我上了南山坡,在层层绿带的茶林间他委婉而郑重地告诉我,茶场已决定将我重点培养成骨干技术员。我听后微微一震受宠若惊,一种神圣的使命感忽然而至,也就格外细心地倾听场长的言传身教,怎样留枝,何处下剪,一一默记于心。

春天终于来临,孕育了一冬的茶芽便争先恐后地冒出,待到清明,该上山采"头春"茶。场长说带露春茶方为上品,于是天刚放亮就得上山。采茶委实是既抒情又优雅的农事了,看黎明的山坞微雨白雾,采茶姑娘在团团翠绿间穿梭往来,粉色的裙裾成为"万绿丛中"最亮丽的点睛之笔。鸟语和歌声是即兴加插的"画外音"。

茶分季节：清明采"头春"，立夏收"夏茶"，寒露摘"秋梢"；茶也排辈："乌龙"最好，"梅尖"次之，"水仙"略差，"大叶"最次。

当懒懒的太阳刚刚爬上山尖，我们便将含着晨露和浓香的叶芽儿送进了茶房，晾干后抛进滚烫的铁锅来回翻滚名曰"杀青"，颜色暂变而香气犹存，待浑身柔软则抖落竹筛任人搓擦，再回锅又落筛数次折腾反复揉磨，当绿芽和露珠混成粒粒碧玉，终于完成"历史性嬗变"。

于是，都市里就有了我们送去的缕缕清香，以及来自大山里充满魅力的故事。

三

在那个春茶扬梢、满山泛绿的清晨，我握别了场长告别了茶园，带着满身茶香，沿着茶叶的叶脉走向，奔向了山外的世界。

我内疚辜负了场长的一片苦心，没能成为茶场的技术员，且再也没踏进茶园。那一段段茶事，就折叠在青春的背面，逐渐泛黄，淡却，式微。

但我每次回家，总会远眺仙人嶂，想象着那片记忆中的茶园，绿意荡漾。采茶姑娘们的笑声，仍然在层层茶山间盘旋、环绕，美得让人难以自持。

后来我还创作了一出表演唱《情满茶山》，在公社宣传队演出，让那茶园在我的笔下飞出歌声，成为永恒。

数年后，茶场解散，场长承包了茶园。

他仍辛勤耕耘着那片茶林，精心呵护着每棵茶树，他将自己的青春和一生，融化在万片绿中……

四

清明，立夏，寒露。

这是茶叶的三个节日，在每年的这三天里，我会开启封紧的茶罐，翻开过去的记忆，让茶叶随依稀如梦的思绪流泻而出。在夜色中滋润、展开，还原成生命的绿，让涌卷的思潮轻轻敲打久违的往事。

此时此刻，我总爱从墙上取下那支竹笛，拭去风尘，吹响一支优雅舒缓的小夜曲，在热茶腾起的团团绿色氤氲中，让缱绻缠绵的遐思，随音符、幽香一齐舒展、飞扬。

笛声掠过城市灰色的天空，飘向白云生处的大山，大山远处的茶园，茶园深处的场长……

场长，您能听到这遥远的笛声吗？

(原载于1997年1月7日《中山日报》)

山村牧歌

我的童年是在悠悠牧笛里长大的。

春风轻拂,柳色如烟,山草青青,苍翠欲滴,山村的三月是一幅兼工带写、薄泼淡染的水墨风景画。

这是个放牧的好日子。

当一袭淡淡的雾幔悬在山腰,碧秀的山峦在朦朦胧胧的晨雾中浮沉,我和小伙伴们便赶着牛群出了村口,牧童们的鞭啸声、吆喝声和口哨声,一路洒落在曲折蜿蜒的山径里。

此时,我的牧笛便吹响在晨曦初照的山梁上……

山路幽幽。

笛声悠悠。

曲子是自编的,笛子也是自制的。砍一根竹子,截成尺余,刻八个孔,塞住一头,贴上竹衣,即成笛子。工艺太差,五音不全,但曲子依然动人,笛管内有吹不完的童真和快乐。

我走马上任当上"牛倌"是在十岁以前的事,最初放的是一头温驯善良的老水牛。开始我不知该走在牛的前面还是后面,在前面怕牛踩着脚跟,在后面又怕牛挣脱缰绳。好在老水牛全不在乎我的尴尬,它不管我在前在后,均从容自在踱着方步蹒跚而行。当我了解到这老牛全无恶意,便放心大胆地信步而随。它已老态龙钟如风烛残年,故我一直不忍心用鞭子抽它,尽管我那特制的竹节鞭特别有力,但我从未在它身上挥写半个"八"字。

老水牛辛勤耕耘了一生，它的足迹遍及山村每块土地，人们都称它是一头好牛，令我肃然起敬。

有一天，我发现老水牛在我的笛声里显得格外宁静怡然。在向阳的山坡上，在音乐的旋律中，它眯缝双眼反刍着晚年的心事。

我环顾四野，阳光灿烂，山花摇曳，蝴蝶纷至，蜻蜓低飞，世界陶醉在迷人的音符中。

不久我又接管了一头四蹄生风的牛犊，它不懂规矩更无礼貌令我怒发冲冠！我牵它吃沟边青草，它却歪着头要吃更嫩绿的禾苗，它不惯于走大路，却喜欢涉水下田践踏庄稼，我只好将踩歪的禾苗一一扶正。那年"惊蛰"人们教它犁地，它挣断缰绳踢翻犁耙跑得无影无踪。三番五次之后，这可恶的家伙便被队长牵到街上炒了"鱿鱼"。

我在绿草如茵的山坡上，又怀念起厚道温驯的老水牛来。

十二岁那年我放牧的是一头强悍好斗的大黄牛，它斗遍全村无敌手，俨然是个威风八面的将军。不久队上又买回一头与它实力相当的黄牛，一时间便战事不断烽烟迭起。那晚它俩一番龙虎恶斗跑过数道山梁不知去向，队长只得动员全村小伙子四处搜寻，直至深夜才于大山深处找回两个冤家。我噙着眼泪发誓再不伺候这头恶魔，全村人也对它怨声载道怒不可遏。次日便将它赶进了牛场集市。

在杨柳岸边我创作着层出不穷的牧童故事，也永不止息地将笛声缠绕山村横贯四季：

　　飞过紫燕呢喃的早春；

　　飞过蛙鼓如潮的盛夏；

　　飞过雁阵排空的深秋；

　　飞过雀栖瓦檐的隆冬。

于是，我将自己平淡的童年分成若干乐章：赠一阕给石径横斜的大山，送一阕给乡韵浓郁的山村，留一阕自己在子夜仔细咀嚼。

在春溪边漂纸船，在夏雨后采蘑菇，在秋风里放风筝，在冬野间逮蟋蟀，那是牧童们的"业余"爱好；看日落日出，看云卷云舒；看春去春回，看花开花落，那是牧童们久读不厌的无字书。

不全是玩耍的时候，我们割草，我们砍柴，帮助大人守护成熟的庄稼和果园。为了让牛儿长得膘肥体壮，我们寻觅肥嫩的芳草地为牛献上"美餐"，牛儿虽不会说话却有感激的目光，我们会抹去满脸汗水绽开如花的笑靥。

放牧过的老牛、小牛、黄牛、水牛，却记不清共有多少头牛。牧童的履历书里写满被弯弯的牛角抖落的发黄岁月……

"牛是农民的宝贝。"但能真正诠释其内涵的，似乎只有亲近泥土的农民和充满挚爱的牧童。

每当告别嬉戏了一晌午的骄阳，该是我们上演放牧晚归精彩节目的时候。

残阳如血，远山如屏。晚霞浅浅的，山风袅袅的，月牙淡淡的。曲线起伏的山峦上推摇出我们的牧阵，一头，二头，三头……时断时续，疏落有致，如五线谱上有机排列的音符，也似电影上横移出的长镜头，更像艺人精心雕画的长幅剪纸。

那般韵味无尽。

那般魅力无穷。

此时，我的牧笛，又吹响在烟岚缥缈的黄昏里，和着小伙伴们的鞭啸声、吆喝声、口哨声，合奏出一曲撩动四野的山村牧歌。

（原载于1996年2月14日《深圳商报》，1996年获广东省报纸副刊好作品二等奖）

乡间的随意行走

吻别夏天

当第一缕秋风刮过西湖,改变了夏天的方向,火辣辣的阳光从此朝着温柔的小路,轻手轻脚地从山的额头走过。逐日变长的树影,将大地拉向了初秋的门槛,并向纵深飘移。

"夏天过去了,可是我还十分想念。"小学课本上,长满了我的童年,涂抹着太多的童音。

夏天是在田埂边出发的,那是一个收割的季节,也是播种的季节,新稻刚刚登场,晚秧又铺满田畴。迅速切割变换的镜头,是一部快节奏的电视剧。在收和种之间,沟沟垄垄,点点行行,抑扬顿挫,挥洒自如,那是夏天恣意书写的狂草。

而从夏天走向秋天,是从青涩走向甜蜜,从稚嫩走向成熟,从热情走向深沉。一切都那么自然,又那么得体,那么娴熟,让人看得目不暇接,眼花缭乱,如出嫁的新娘,施满粉黛,令人着迷。

大地不太会说话,总喜欢沉默,它更懂奉献和付出。它刚刚给人类送去一个丰收的田野,又不失时机地酿造沉甸甸、甜蜜蜜的秋天。难道你就不懂得向人们索取点儿什么?哪怕一缕风,一滴雨,一片阳光。

田埂上,安逸的老水牛,卸下粗重的犁耙,咀嚼着肥嫩的青草,悠闲地踱着方步,它身后行行叠叠的脚印,正演变成丰收锣鼓和欢庆唢呐的音符。

它弯弯的牛角,一头挑起太阳,一头挑起月亮。它的尾巴,甩去夕阳和夜露，拽出朝霞和晨光。它的日月，就是如此直接和简单。它的岁月，越走越短，又越走越长。

夏天的假期很短，夏收，新谷入仓；夏种，又在地的那头等着它。老水牛眯一眼在田头树荫下乘凉的大黄狗，它不愿与那个摇头摆尾的大黄狗探讨复杂的人生，它觉得要真正读懂牛，唯有人类和自己。

壮实的山村小伙，将嬉闹了一个夏天的龙舟放好，将鼓点、哨音、桨声藏进屋檐。留住青春，留住岁月，留住盛夏，待明年再次播放。

小伙子心中在划算，明年的龙舟赛，他们还想拿冠军。乡村的生活一年比一年好，他们的心更齐，力更足。狂飙的力量，那张小小的奖状，已经容纳不下，经常溢出纸外。

透过城里姑娘来看比赛那些羡慕的目光，新时代的农民，新农村的生活，正不断吸引着城里人的心思，泥土的芳香，已将那些高跟鞋和连衣裙陶醉。

插秧姑娘栽好最后一棵秧苗，抹掉泥巴，放下裤脚，挎起红红绿绿的旅行包，带着五彩缤纷的梦，跨过村前小桥，跳过山后小溪，一路歌声，一路欢笑，裹着山风步入车水马龙的城市，准备将城里的无限风光，一张张收进自己的青春行囊。

管水的老汉，荷把银锄，带上竹笛，悠悠扬扬地爬上了山梁，古老而清亮的笛声，就从彩云纷飞的天边飘落下来，和着清亮的溪水，潺潺地流向遥远的山外。

风，正从山坳上起步，走过溪边塘边，远山近山，村前村后，山里山外，给它打过招呼的地方，准会改变颜色：红叶如火，黄叶如金，紫叶如霞，勾画渲染出斑斓灿烂、如梦似幻的另一个世界。

夏天的浪漫曲，就要画上悄悄休止符，那个充满故事的秋天，就带着微笑站在不远处。翻过那个山嘴,也许你就能看到她的影子,乘你不备,奋扑上来,与你相拥。

站在这秋天的路口,回过身来,我轻轻地挥挥手,送出一个飞吻:

夏天,明年再见!

(原载于 1993 年 7 月 12 日《惠州日报》)

为碓而歌

一

石碓一直居住在乡下，自古以来它很少走进城里。

碓的居室是最不起眼的所在，里面简陋得有点儿不堪入目，在村头屋尾的小河边，在偏僻荒野的矮山下，在残旧漏雨的茅草房内，往往就是它们的安身之所，甚至与破烂不堪、臭气熏天的猪圈牛栏结为近邻。

碓是一种舂米器具，它还有一个名字叫石舂，它的年龄恐有数千年了。碓的构造极为简单，数块石头和几根木头，就组成了碓最原始的生命。《太平御览》引桓谭《新论》曰："后世加巧，因延力借身重以践碓，而利十倍。"人类只是利用碓的重量来代替繁重的舂米劳动，没有人想到要把碓打扮得花枝招展或珠光宝气，甚至没有人为它添上几许彩色或抹上一些油漆。因此，它既没有昂贵的造价，更没有华丽的外表。

为碓打造身世的村人，原本就是乡村不太够格、出外根本揽不到活计的石匠木匠，用斧头锯子、钢钎铁锤等原始工具，仅需花上数天工夫，将一块三尺见方的石头凿成米臼，用一尺长的条石雕成舂杵，碓就苍然问世了。

碓虽然身份低微，加工粗糙，但它从拥有生命的第一天起，便片刻不曾安闲。全村人一日三餐的食用大米加工重任，就自然而然落到碓的头上。碓黎明即起，通常是启明星还在西天，村里的公鸡还没打鸣，碓的声音就已响彻碓房划破夜空。逢年过节，碓更忙得不可开交，东家要舂米，西家要碾粉。深夜刚歇着，凌晨又开工。一进入腊月，碓简直乱成一团，家家户户轮流排队直奔碓房而来，碓夜以继日，不停劳作，应接不暇，日理万机，忙碌的声音会使整个山村彻夜失眠。

即使如此，碓干活始终一起一落，有板有眼，每一声每一下，总是铿锵有力，一丝不苟。甚至工作起来全然忘了自己，轻伤不下火线是家常便饭，满身伤病，甚至残肢断腿，依然坚持工作直至趴下，肩负起对人类应负的职责和道义。

碓平时沉默寡言，忍辱负重，向人类不索香火钱，不打造十字架，更不会为自己评功摆好，不向人类讨取一支廉价的赞歌。碓工作起来虽然喋喋不休呱呱大叫，但绝不是在为自己夸夸其谈或讨价还价，那是干活时发出欢快而有韵律的劳动号子。

二

人类一直蒙受着碓的恩惠，在某种意义上说，是碓养育、繁荣了人类。《世说新语·俭啬》中说道："司徒王戎，既贵且富，区宅、僮牧、膏田、水碓之属，洛下无比。"可见，当初拥有一辆水碓倒是富有身份的象征，也说明碓于人类生活是何等重要。而人类对碓似乎并没心存感激，甚至于对碓不屑一顾，说来颇不公平。同为人类服务的马牛羊狗，得到的待遇显然不同，不但拥有一个温暖舒适的窝，而且每天优哉游哉地吃着人类供给的食料。

而碓吃了什么？不错，碓每天加工的都是食品，但碓到了嘴边吃进肚里的东西又丝毫不少地吐出返还给人类，碓一生一世何曾吞食过人类一粒米、一勺汤？就算马牛羊狗属动物，似无可比性，而同为人类操着加工五谷杂粮行当的磨、砻、风车等，命运也不尽相同，它们居住在整洁干净的正屋厅堂，有冬暖夏凉高大结实的瓦房为它们遮风挡雨，屋外风霜雨雪，它们照样高枕无忧。

人类为何非要让碓远离村庄独居陋室，忍受寂寞，甚至风吹雨淋？劳累了一天还要备受夜半不断响起的猪的嗥叫声和牛的反刍声喧闹折磨而不得安宁？

我真为碓打抱不平！

就连人类编纂的《辞海》，对碓的解释也是吝啬到数行字、一二句话"捣米器具，用木石制成"。仅此而已。人类是创造文字的祖先和打造文章的高手，对自己喜欢的东西从来不惜连篇累牍、洋洋万言加以赞美。而人类每天吃着碓加工的每样食品，却不肯为碓花点儿笔墨多写几句？从唐诗宋词到元曲小唱，都难觅碓的身影。五千年来，难道就没有一个文士墨客哲人俊杰，真正认识并解读碓的内心世界吗？碓不会为此感到伤心委屈、悲寂沮丧？

三

其实，碓的不幸还在后面。

当村中开进第一辆手扶拖拉机，碓的命运便开始改变，它从重要的工作岗位上退居二线；待高压线拉进山村，电动碾米机开始上岗，碓的地位从此一落千丈，它逐渐被人类所遗忘，只有闲居茅棚休养生息。若干年后碓蒙头灰脸，蜕化腐朽乃至身首异处，最终退出历史舞台。往昔的一个热闹所在，虽然不至于凄凄惨惨，却也是冷冷静静，悄无声息。

对于人类喜新厌旧、见异思迁，对于沿袭了数千年的历史产物，将在二十一世纪的门槛边与人类永远告别，碓坦然地接受现实。碓没有发表任何宣言，也没提出半点儿意见，甚至连一声咳嗽都没有。

沉默，似乎是碓永远的性格。

碓的不幸与人类的文明进步复杂地交织在一起。我不知道碓曾否试图来一番自身革命与现代化同步跨入新世纪？恐怕不能，碓自身先天条件的粗劣低下，无法赶上日新月异的现代文明。人类既然不再需要碓，碓便欣然告别人类，碓的性格何其豁达，胸怀何其宽广！

四

我是个在乡下长大的孩子，从懂事时起就认识了碓。我对碓有了一定的感情，碓也曾使我备尝劳动的艰辛。在刮风下雨的朝朝暮暮，在逢年过节的日日夜夜，我与碓总有不少相对的时光。在碓加工出食品时，我会无限感激碓为人类作出了不可磨灭的贡献；在劳动中被碓折磨得疲惫困乏时，也曾无端地诅咒过笨重无情的碓。

今年秋天，当我回到久别的老家山村，路过破烂不堪、冷冷清清的碓房，蓦然想起，我们人类有谁关注过碓的命运，碓的去向？碓就这样逐渐远离人类，踏上历史的末日，走向沉沦消亡。谁能为碓唱响一支赞歌？哪怕是粗糙的文笔、简短的文字、低微的声音，似一盏如豆的渔灯，点燃在茫茫黑夜旷阔无边的大海，虽然无法照亮整个大海，但毕竟有人为之带去一丝光明。

于是，我放下手中繁忙的工作，推开案头杂乱的手稿，拿起了那支拙劣的笔，庄严决定：

我要为碓而歌！

（原载于 2002 年 9 月 3 日《惠州日报》）

家

"我想有个家。一个不需要华丽的地方,在我疲倦的时候,我会想到它;

我想有个家,一个不需要多大的地方,在我受惊吓的时候,我才不会害怕……"

无论草长莺飞的盛夏,还是万物凋零的隆冬;也不论月落星沉的子夜,还是披霜罩雾的清晨,每当我唱起这首歌,就会想起自己温馨祥和的家。

即使你云游四方踏遍青山,就算你走到地球尽头天涯海角,你心里依然记着远方的家,就像那十月的风筝,任它飞得多高多远,身后总有根线维系牵连。即使你远离故土为异乡异客,他乡的山色里也会升起与故乡一样的月亮,但你仍旧思恋着千山万水外的家,就像那三月春风里的鲜花,任它独占高枝香飘十里,但终要回归寻根融入大地。

家是你的梦,你的歌,你的春风,你的彩霞。

家是平等的,无等级之别,只有老幼之分。支配别人,也受别人支配。人人忙里忙外,敬上敬下,个个只管耕耘,不问收获。家使你真正领略到人间的温暖,体味出完美的人生。

家是一座自由的森林,不管你是黄莺,还是乌鸦,你都可以放声吟唱,或莺声燕语,或高声喧哗。当然,你也可以轻歌曼舞,或装疯卖傻，全由你选择。热了，脱去衣服赤膊上阵；开心了，你可放声高歌手舞足蹈；心绪不好，你可大发雷霆顿足怒吼，把你所恨的人和事痛快淋漓骂一千遍，把心中的无名火有名火一切火，随着你那挥出的拳头，一同飞洒在家中四壁。

倘若你在外边碰到挫折失败，在人生道路上遇到曲折障碍坑坑洼洼，你可静心地回到家，做上一个最圆最美的梦。然后重整旗鼓迈上新程，用热血和智慧再次奏响生命的乐章。

刮风下雨，只有家里人在窗前等候挂念；头痛发热，只有家里人为你憔悴担心；远行千里，只有家里人为你祈祷平安；走上战场，只有家里人为你呐喊助威。

家是你最安全的避风港，也是你最得力的加油站。

"外面的世界很精彩，但也很无奈"，即使在高级宾馆就着"葡萄美酒夜光杯"，即使在"卡拉OK"歌舞厅劲歌劲舞如痴如醉，但月上西楼灯火阑珊曲终人散，最终还得回到属于你自己的窝。

"天下没有不散的筵席"，只有家陪伴你走过每个人生驿站，闯过人生的恶隘险峡，让你生命的热能绽放出璀璨的光彩。

"人言落日是天涯，望极天涯不见家。"家有百般的情，千种的爱。

家有绿茵芳草，家有晨钟笛声，家有永远不落的太阳月亮，家有永远温暖的春夏秋冬！

（原载于1993年7月6日《惠州日报》）

山村腊月最迷人

　　山村腊月的炊烟好长好长，<u>丝丝缕缕</u>，飘飘洒洒，飞过高高低低的树，<u>飞过重重叠叠的山</u>。它一头连着灶前白发慈母的心，另一头则紧系着山外游子的魂。

　　山村腊月的风儿好轻好轻，刮过河汉，刮过关山，将浪迹四方的游子从梦中抚醒。披衣起床，踱至窗口，于月明星稀的天空下，眺望家乡，浓浓的乡思，便随夜风逐渐扩散，如水似墨泼满苍穹。朝北方道一声娘，双泪落襟前。挡不住的风情，挡不住的诱惑，尽在乡愁中。

　　山村腊月的阳光好暖好暖，走过春天，走过秋天，走过江南，走过塞北，山村游子终于走到了故乡腊月的阳光下。踏上那熟悉的板桥小路，看到那难忘的砖瓦小屋，重读着熟稔的张张笑脸，脱去御寒的大衣，抖落一路风尘，漂泊的心总算回到了温馨的港湾。记不清多少回日落日出，月圆月缺，多少挫折，多少失落，在暖融融的阳光下，一切都随风消逝，重新幻化成新生活的开端。

　　山村腊月的家酒好甜好甜。曾喝过茅台，也喝过劲酒，唯有故乡的娘酒独有风味，令人陶醉。斟满浓酒，把盏高举。举起慰藉，举起希冀，为逝去的岁末干杯，也为将至的新年祝福。一杯酒下肚，褪却了一年的疲劳；品尝佳肴，回味咀嚼生活的甜酸苦辣。飞两朵红云在脸，醉醒之间，高枕无忧，呼吸着山村的泥土气息，悠悠地进入梦乡……

山村腊月的生活有板有眼。女人们忙完了田里忙山上，忙够了山上忙家里，有条有理，丝毫不乱；男人们则将田野割的、树上摘的、土里扒的劳动果实，挑着扛着拿到集市变成钞票，又将钞票变成年货，再挑着扛着拿回家里，一去一回，变幻着最美丽的愿望。

　　山村腊月的生活有滋有味，如果说六月是夏收，十月是秋收，腊月则是山村全年的收获季节。女人们抚摸着满满的粮仓，男人们拍打着鼓鼓的腰包，算计着一年的收成，憧憬着来年的美景，往日紧皱的眉头，日渐舒展成露牙不露眼的笑脸。

　　山村腊月的生活有声有色，已经播放了十一个月的山村岁月连续剧，就要酝酿着进入高潮戏。男人变得豪气如浪，女人变得勤快温柔，预演着即将到来的辞旧迎新圆舞曲。年画、对联、新衣、鞭炮，纷纷散入家家户户，如道道风信，将春节的气氛烘托得越来越烈，越来越浓。腊月，将山村调弄得如饴如蜜，妙不可言。

　　山村的腊月风景最迷人，山村的腊月乡风最浓郁，山村的腊月年味最老到。奋笔疾书了一年的生活信笺，将在腊月里从容收笔画上句号。云游四方的山村之子，一进入腊月便思念山村，人们说，"外面的世界很精彩"，可他们总自信："我们的山村最可爱！"

（原载于1995年1月26日《惠州日报》）

年事如歌

春节,一个让全中国人涂抹装扮得红艳艳、光鲜鲜、火辣辣的日子。

站在这 365 天的头一日,蓦然回首,我已度过了几十个大年初一,有在乡下的,有在县城的,有在都市的,而至今令我津津乐道的,则还是在家乡的小山村过年。

乡村年事最盛。

一进入腊月,我们便感受到那扑面而来的年关气氛,随着除夕的日益临近,这种气氛越来越浓。我们小时候虽然不知道日期,其时绝没有像现在这样四壁可见的仕女风景挂历,我们只是从大人们匆匆的脚步和灶边话题捕捉到的。当然还有大人为我们不时从集市上带回来的新鞋新袜新衣服。只是想着大人和小孩会一样藏着高兴盼着过年,殊不知大人在过年的那份欣喜背后却隐藏着无尽的苦涩和劳累——男人为筹钱过年发愁,女人为置办年货奔波。

到了腊月二十五,道是入"年驾"。大人从割草打柴的山上"撤军"。一心一意在家中忙活当起了"内务大臣",爆米花、炒茨片、炸油果,花样繁多,山村整夜炊烟不断,人声鼎沸。炒茨片对主妇而言是"小菜一碟",谁都会做。犹如时下年轻人唱卡拉 OK、跳三步四步,倒是打炒米这一项来得复杂。主妇们最怕过不了熬糖这一关;定要请上有经验的人坐堂掌勺,生怕搞煳了或太嫩火,糖煳了炒米不好吃，嫩了要"散米"，尤其后者，乡下人认为非吉利事，家家讳忌，这点应佩服乡下人的联想丰富和神经敏感。故那段日子，会看"火候"的人变得趾高气扬，俨然神圣，十分风光。

炸油果这活一般放在最后几天来做，我印象最深的是必须用油茶树做燃料煮茶油，乡下人当然并非"以其人之道还治其人之身"，也不懂曹植的"本是同根生，相煎何太急"那深奥的诗句，只是认为这样可能省油。在腊月里，大人们忙得不亦乐乎，我们小孩却大饱口福，家中做啥吃啥，个个像嘴不停食的小兔子，都少不了嘴唇上起几个小小热泡。

除夕，那种浓烈的节日气氛终于到了顶点。

那天早上，即使懒人也早早起床，所有人都特别忙碌。男人们往往还要到山外的集市去购买最后的年货，或者串村过户为清算以往的经济账目而讨债还钱，女人则在家当起了屠夫及厨工，刀起刀落，切切有声。

我们小孩子则不管这些，迫不及待地吵嚷着穿新衣服，有时不免惹得不可开交的大人一顿臭骂或棍棒相向。穿上新衣的小孩追逐嬉戏，一时间，山村犹如彩蝶纷飞，令人眼花缭乱。

随后，家家大门都出现了通红鲜艳的对联和花花绿绿的年画，使新年的空气瞬间洋溢了整个山村。还有那此起伏落的爆竹声和五彩缤纷的烟花，把庄户人的每个美好故事都点燃盛开在炫目璀璨的夜空下。

团年饭桌上，永远是最吉祥的话题，一年中最丰盛的一餐，堆积着丰收的喜讯和勤劳的汗水。大人们总是将发压岁钱当作压轴节目，用那窸窣作响的崭新钞票收买我们一年的"年终总结"和"新年计划"。

年饭时间往往很长，大人喜欢把饭桌变成教育小孩的讲台。除夕之夜，山里人没有太丰富的节目，只是在一盆炭火前，尽情享用着唯一可供消遣的奢侈品——聊天，国际国内，天上地下，古今中外，无所不及，口沫横飞，笑语喧腾，沉默寡言的山里人，忽然变成了出色的播音员和天才的演讲家。

直到屋外远处有人大呼："快12点啦，点爆竹！"人们急忙打住话题，散归各家，将那串辞旧迎新的鞭炮挂出点燃，将山里人火红的日子和对新年的美好祝愿写上夜空。

大年初一，当鞭炮将太阳吵醒，山村已敞开大门，炊烟袅袅。喷薄而出的太阳矫捷地跃上东山，金色的光辉照耀着沸腾的山村，山村一下子变得清新明朗金碧辉煌。一夜之间长大了一岁的人们，步出大门，尽情呼吸着新年的第一口新鲜空气。新年旧年，就在翻动日历的一掀一扬之间，就在太阳的一落一出之间。远处舞龙舞狮的锣鼓响了起来。为此，吃过早饭的人们便踩着鼓点奔向新的一年去了。

年初二是串亲戚的日子，在桃花盛开的小路上，在绿水长流的小溪旁，穿红着绿的人们往来如鲫，有如戏春的燕蝶，穿梭于春风和煦的田野和美丽如画的村庄。初三初四，新年的气氛依然不减，直至正月十五，闹过元宵，人们才恋恋不舍走出山村，睁开惺忪的双眼，带着新的希冀，外出谋生，跨离春节风景线。

春节如一首歌，令人动心；也像一坛酒，令人陶醉；更似一幅画，令人动情。我们每个人，就在这一年一度的听歌、品酒、读画过程中，去垦耕播植，去采撷收获，去谱写纷繁异彩、可歌可泣的生命乐章！

（原载于1994年1月26日《惠州日报》）

春节写意

除夕之夜

送走了第三百六十五个夕阳,你就开始欢度自己的生日。家家户户冒出的炊烟,那是为你点燃的生日蜡烛。炊烟无数,蜡烛无数,因为人们记不清你的年龄。

春天的播种在这一天找到了收获,夏天的耕耘在这一天撷到了果实。每家一年的收入总是个谜,漫天烟花便是形形色色的谜底。

你是一位擅长抒情的诗人,用锣鼓、美酒、佳肴,谱写出亢奋动人的诗行。而身着新衣如蝶纷飞的孩童,则是诗人精心安排的绚丽多姿的标点符号。

你又是一位举世无双的梨园高手,虽在最后粉墨登场,却是无可替代的主角——你善于将全剧适时地推向高潮。让普天同乐,是你的拿手好戏。

你收集起一年的汗水,酿成一杯辞岁餐桌上让人陶醉的动人音符;你将一年的丰收果实,烹饪成一道道丰富新鲜的岁末话题。

你不喜欢向旧年告别,却总爱与新岁握手。

对联年画

对联——

红扑扑的脸上,总带着温馨的微笑和美好的祝愿。

小孩笑了,老人笑了,小伙子笑了,姑娘们笑了,千家万户笑了,对联是欢乐的两个笑靥。城市、乡村,总爱在除夕举办书法比赛。一年一度,始终不改,对联便是各家各户悬挂出的书法作品。人们不在乎名次,只在于参与。

你虽然沉默寡言,却句句切题字字珠玑。你从不隐瞒主人的心思:"门迎春夏秋冬福,户纳东西南北财",此话似说得有点儿过火,不免感到脸红。

年画——

一年四季春夏秋冬是四辑长长的诗集,你便是这诗集的彩色封面。

你总喜欢讲述吉祥的故事,祈祝人们富贵平安连年有余;你总爱以慈祥的微笑,陪伴人们辞别旧岁迎候新年。

你和鞭炮的脾气一样,迫不及待地宣泄着对来年的向往、追求和憧憬。

新年钟声

气势磅礴的长达三百六十五集的电视连续剧,新年钟声是激越雄浑的前奏曲。

揉进了丰收锣鼓和欢庆唢呐的音符,高声朗读春天来临的雄壮宣言。那叮叮当当的密码,无须翻译,人人都能读懂。

一年最宏伟的丹青长卷,就从这午夜钟声第一响落笔,然后一笔一笔向十二个月挥写而去。

你让阳光增色，你让大地回春。你是新年与春姑娘约会的公开暗语。

你让生命的鞭炮在大地爆响，你让青春的烟花在天空燃烧。

你用嘹亮的口令，召唤起满地春风，然后顺着季节的小路，把触角伸向河滩、小溪、田园、山岭……

喜闹元宵

新春的头一个月亮，是在女人搓汤圆的手中搓圆的。

老奶奶说，吃元宵吧：请品尝人间沧桑的团团圆圆，咀嚼春风秋雨中的甜甜蜜蜜。

老爷爷说，闹元宵吧：在时光的月色下，敲响人生欢乐的鼓点和燃起生命辉煌的灯火。

月光和灯光，在一年中最亮的一夜会面，她们叙谈的是最灿烂最绚丽的心事。

汤圆打着灯笼踩着高跷去找月亮，月亮荡着旱船吹着唢呐来会汤圆。月亮说，汤圆是地上的月亮；汤圆说，月亮是天上的汤圆。天上人间，同声祝福——

又圆又亮的日子，从今宵开始！

（原载于1995年2月9日《惠州日报》）

乡音在时光间缭绕

九十个春天，万紫千红

一

虎年吉祥，虎虎生威。

岳母属猴，但她说喜欢虎年，到今年稻谷丰收的冬季腊月，她就满九十周岁。她脸上写满自足与自信，如一朵盛开的向日葵。

九十个春夏秋冬，虽平铺直叙，却不乏深刻。

她走过的九十个春天，百花盛开，万紫千红。

岳母的名字简单朴素，叫黄荣娣。她曾有过童养媳的苦难少年，短暂的婚历没能写下太美的人生序曲。转身出嫁那年，依然是如花的年纪，明眸黑发的青春里，镀满了三月的阳光，怀揣稚嫩的理想。

二十出头的大姑娘，从此嫁给了柴米油盐，嫁给了家长里短，嫁给了田头地尾。漫长的人生之路，从此有了充满诗意、波澜壮阔的新开篇，云朵千里，朝霞满天。

二

在山花盛开的仙人嶂下，从此投身于旷阔的田野，在春风里播种，在秋阳下挥镰，蹚过夏雨，踏平冬霜。用最勤快的脚印和最灵巧的双手，在风景如画的西山下，行走着属于她自己的每一个春天。

她与土地一生博弈，耗尽了毕生精力和满头黑发，但她没一丝怨悔，至今仍执迷不悟，高举的锄头始终指向土地，没有改变任何方向。在二十四个节气里种满农谚，收获的十月总是瓜果飘香。

她没翻开过任何一本书，也没读过"锄禾日当午，汗滴禾下土"，却用浑身力气和满脸汗水，栉风沐雨，春种夏收，真实地诠释着"谁知盘中餐，粒粒皆辛苦"。

岳父为了家计长年外出，她一双手将孩子一个个拉扯成人，一双肩膀挑起了全家的吃喝拉撒。她没有太多的工夫每餐做菜，只能煎好整瓶咸鱼和自制腐乳，当孩子从鱼身、鱼头、鱼尾逐一吃完，瓶子里才会出现新的咸鱼。她泼辣干脆，风风火火，是生活铸就的刚毅性格；早出晚归，披星戴月，已是她的生活日常。

她的勤劳和能干，在全村已不是新闻；她高亢清亮的嗓音，是山村随处可闻的劳动号子；她插秧种菜，手脚如飞，每个动作都精准到位，即使刚栽下的菜苗东倒西歪，数天后必将迎风而立，蓬勃生长，在阳光下春意盎然。

当晚风吹灭了夕阳最后一抹余晖，她在夜岚暮色中推开家门，六七个小孩早已歪倒在床，没有晚饭，没有洗澡，早已游荡在甜蜜的梦乡。她时常会将不听话的孩子狠狠地臭骂一顿，但小孩一有发烧咳嗽，即使三更半夜，她也马上背起孩子去看医生。

她将门里门外的"十八般武艺"——锄头、镰刀、斧头、柴刀，舞得呼呼生风，也能拨弄一寸之长的小小绣花针。她常在寒冷的冬夜，在昏暗的煤油灯下，飞针走线，刺绣出最美丽的牡丹和最漂亮的凤凰；她做的虎头帽，是抵御寒风最温暖的宝物，五彩缤纷的头饰花纹，是孩子们过年最耀眼的游动艺术品展，招来无数的惊叹和喝彩。

她做的千层底布鞋，孩子们穿着走进小学中学课堂，甚至更远的地方。"慈母手中线,游子身上衣",脚下的鞋,是远渡的船,带着温暖,含着亲情,满载着深深的母爱。

三

冬去春来,繁花似锦。

当风起云涌的万千往事折叠成缕缕白发,彭寨河的风轻轻吹过,读响了她发际间的每一个故事。额头上的道道皱纹,是镌刻在岁月深处的人生诗行,每个细节,都生动深邃,极富内涵,诉说着流年沧桑和酸楚过往。

在她身后,是越来越多的儿女子孙,与稻穗一起排列成行,在袅袅炊烟里迎风茁壮成长。虽然她子孙满堂分居各地,但她仍行走在故乡的晨昏冬夏,在菜园、稻田、鸡窝、灶台边,巡游在属于她的领土领空。

她也曾偶尔到儿女们工作生活的城市去走一走,认识不足十个字,不会讲半句普通话的她,却敢单身一人来到几百公里外的城市,仅凭车站门口的那棵大榕树便确认了女儿家的大概方向。但住下几天之后就坐立不安,义无反顾地返回她有菜地和鸡窝的山村。儿女们才臆测出,每一个小鸡、每一棵瓜苗,已是她最心爱和最贴心的另一群儿女。她和它们之间,无疑已成为不可分割的鱼水关系。在她的悉心哺育下,庄稼在田野间夜以继日地拔节,小鸡在茅舍里每天长出根根新的羽毛。

五谷丰登之后,又链接着六畜兴旺。

每次回到老家,她总说我的后车厢太小太窄。我无言以对,不知如何才能装下她的满园春色,以及厚重沉甸的旧梦乡愁?

四

时光之水从身后轻轻流走，年复一年。

记不清是哪一年春节，儿女们忽然强硬地提出，不让她再外出田野间劳作。儿女们说那些稻豆不值几个钱，没有必要用身心全力以赴。但岳母说自己种地并不图钱，但儿女们却问不出她到底图的是什么？

等儿女们走出远门，转瞬间，她又拿起锄头，在屋门口的地坪上，开垦出一个全新的"南泥湾"。她不费一点儿颜料，数天后，墙根下便浮泛出一层浅浅的新绿。

所有的儿女，闻讯都感到语塞。老人家的心思，谁读不懂？做儿女的，还能找出更充足的理由，阻止老母亲如此执着的土地情结？

如今，丰收的歌声，正越过万水千山，日夜涌入儿女们的耳鼓。不管儿女们走到天涯海角，四面八方，她站立耕耘的那畦菜园，就是儿女们归家的方向，永远的家园。

她把子孙们的照片冲印放大，贴满家中四壁。每天，她看着一张张微笑的脸，不再孤单，幸福溢满周身，享受着另一种天伦之乐。

梅州客家山歌，是她每夜百听不厌的文艺晚会，在清扬婉转的曲调里，送走一个又一个寂寞的夜晚，告别一个又一个寒冷的冬天，任凭月影微移，花落无痕。乐曲里有她的满天星斗，温暖如春。

一部红色老人手机，连接着在异乡的儿女子孙。她已成为信息交汇枢纽和新闻发布中心。儿孙们一有风吹草动大事小情，都会牵动她的心。掀动按键，儿女们便围拢而来。她俨然成为整个事情的指挥中心，调动着所有兵马。逢年过节，总有儿女出现在她的面前，环绕膝下，嘘寒问暖。为迎接远方的儿女归来，她精心准备的，不是一桌唠叨，而是满台美肴。

站立在祖屋门口菜园里的岳母，在爬满瓜蔓、蔬菜成行的绿荫间，轻抚阳光，打发春风，站立成最迷人的风景。任凭日落日出，云卷云舒，花谢花开，都是我们浅唱低吟的千千阙歌！

2022 年 5 月 8 日 · 母亲节

（原载于 2022 年第 2 期《嘉应文学》）

乡韵三章

牧　童

每年暮春三月，你总从杜牧的诗行中走出，走在淅淅沥沥的雨声里，走在平平仄仄的诗韵间，走在行人欲断魂的雨路上，走在杏花村花荫遮影的酒肆中。

你从被春风剪裁的垂柳间穿出，横卧牛背，手持短笛，将老牛的满腹心事，信手编成一支曲子，散入山野，朦胧着坡顶的山影树影，隐约着壑底的鸟声泉声。

笛声飞过峰巅，在白云深处，轻轻袅袅，揉成一丝七彩飘带，经纬着石径的横斜，缠绵着蓝天的高远，以及如诗的三月。

你从杏花村走来，让纷纷细雨，随鞭声潇潇洒洒地飘。甩动的牧鞭梢头，挑着一朵游移的云；圆圆的斗笠，遮住了雨后的斜阳；嘹亮的口哨，扰乱了黄鹂的歌唱；晚风徐徐南来，轻抚山花上寂然敛翅的蝶之梦……

在一千多年经久不息的悠悠牧歌和缕缕酒香间，你向后人馈赠着一片空灵和无尽遐思，让游子在遥远的异乡，忆起梦中的故园，拽回走远的童心。

老　农

一脸皱纹，犹如石径横斜的大山，是坎坷人生的高度浓缩，是岁月波澜凝固了的道道涟漪；一腮硬须，每一根都写满传奇饱含沧桑，隐藏着坎坷曲折的动人情节。

你和那间老屋一同诞生，春风秋雨，春华秋实，一一留痕。爬满青苔的屋瓦，是你的人生履历表，逐页晾晒在莽莽青山之下。

你和村头的老榕树一起长大，暮霭朝岚，夏云冬雪，沧桑成片片树皮。岁月的歌，喑哑成憔悴的叶，任风任雨，任冬任夏。

锄镰犁耙，是你的"文房四宝"，广袤的沃野，是你练笔的田字格；丰收的五谷，是你精心写就的散文诗。也许，只有陪伴你耕耘的老牛，才能读懂你的书法文章。

小溪一样曲折的人生，大山一样宽阔的胸怀，苦涩脸庞上残缺的门牙，使人想起海明威的《老人与海》，居庸关外坍塌的烽火台……

村　姑

女人，是花。

去年今日，倚立柴扉。人面桃花相映，是一幅精致的工笔画。

你则是一朵野山花，始终如一的风姿风韵，写在忽左忽右的春风里，骤大骤小的春雨里，时浓时淡的春云里。

你将童年用一截红头绳扎成短短的羊角辫；你将少女梦卷成头上五彩的蝴蝶结；青春之歌，在月色下如夜莺轻唱，一声短，一声长。

施粉则白，抹朱嫌赤。发不染而墨，唇不点而丹。你是一棵青橄榄,你是一只布谷鸟,你是一汪清澈的泉,你是一丛恬淡的兰。在故乡十月的阳光下,皴染出最绚丽的田园风光。

你让梦想在贫瘠的土地上开花,让溜走的童谣在篱笆间飘荡。"山月不知心里事",三月的桃花才是你粉红色的心事。

裁你一袭无邪的目光挂于门楣,剪你一串旋动的笑窝贴于窗前,轻抚如风,安然入眠,春夜里会有一个醉人的梦……

(原载于1998年7月3日《河源日报》)

山村，女人如花

山村女人——

是清晨第一个拉开山村大门，到小河边挑水，用木屐嘀嘀嗒嗒敲响石级打破黎明的人；

是村溪边身旁堆着七彩衣服，高挽衣袖，用捶衣棒噼噼啪啪捣得水花四溅的人；

是冬天向阳的屋檐下纳着鞋底，手上飞针走线，嘴里叽叽喳喳说个不停的人。

山村女人，鼻尖上总憋着数滴汗珠，发际边总粘着半根草屑，裤腿上总沾着几点泥巴。

山村女人给小孩抹屁股不捂鼻子，给娃崽吮奶敞开衣襟，当着众人敢拧丈夫的耳朵，儿子俏皮时就掴上几巴掌。

山村女人喜欢大碗大碗吃饭，风风火火赶路，大大咧咧说话。

山村女人喜欢短发上系根红头绳，碎花衣下套条黑长裤。加一顶斗笠、一把锄头，她就是田野上的农妇；换一把雨伞、一担竹箩，她又是墟场上的村姑。

山村女人没有八小时工作制，睁开眼就上班，闭上眼才下班。她最有资格诠释"早出晚归""披星戴月"。

山村女人没有节假日，立春忙播种，大暑忙双夏，大寒忙冬藏。正月初一，她最早起床点燃山村炊烟；腊月除夕，她最迟脱下围裙告别旧年。

山村女人是家中集大权于一身的"一把手",是总揽全局的"管家娘"。老老小小,家里家外,邻里左右,山上山下,都是她的管辖范围;村头屋尾、灶头锅尾、针头线尾、犁头耙尾……合称三十六个头与尾,全牵扯在她的手心。东岭上哪畦黄豆该拔,西山上哪片油茶该摘;家中哪只老兔子该宰,哪只小公鸡该阉,全由她拍板定案一人说了算。

山村女人最有权威,不管是男人们在暖冬里晒太阳,在榕树下抽旱烟,在地坪上"扯大炮",只要山村女人站在墙角轻轻一声咳嗽,男人们就扛起锄头,摇响手扶拖拉机四处散去。

山村女人最是"刀子嘴,豆腐心",她骂丈夫出口成章绝不用打草稿,几乎每天都咒着丈夫是"短命仔""早死种"。但男人稍有伤风感冒,她就急得像热锅上的蚂蚁;丈夫刚才还被她骂碍狗血淋头、撵出家门,转眼间她又从门缝里将男人牵回,为其装烟点火捶背。山村女人是火,也是水,恼怒起来就是六月的"雷公",温柔起来又是三月的小雨,多云到少云再由阴转晴,瞬间风云变幻,别人不明白风力到底刮到几级。

山村女人最节俭,钱总是掰成两半再捣碎来花,凉鞋破了割掉后跟当拖鞋用,裤子烂了截去裤腿做短裤穿,钞票捏出汗了才肯掏出来花。她说欠了十几户人家钱,其实债务总和还不及她男人两包烟钱。平时她一双赤脚走遍山村,探亲时仍舍不得穿鞋,其实新鞋就放在她手提的竹篓里,她不心疼脚却心疼鞋,待到亲戚家门口才找到有水的地方偷偷洗脚穿鞋。

山村女人最不娇贵,晚上生孩子,白天她还挺着"将军肚"上山下田。挑起百斤重的担子,翻山越岭,快步如飞。

山村女人如今的生活越来越红火,但又念叨从前的日子。她说住上了钢筋水泥房,不如老房子与邻居拉家常方便;她说用上了电饭煲，不如柴草煮的饭菜味道醇香；她说电冰箱太耗电，丈夫外出谋生时她会拔了电源放衣服；她说洗衣机没必要，母鸡不下蛋时她会用它来孵小鸡。她说喝矿泉水不如井水清甜，说用洗发精不如用茶麸好。她憧憬未来，又怀恋过去；她渴望奔向富裕，又担心走近奢侈；她享受着现代文明，又对新生活诸多责怨。

这就是山村女人，一本百阅不厌的书，一本易读难懂的书！

（原载于1997年12月15日《中山日报》）

泪花三月

我不太喜欢在三月回忆往事，并非恼恨三月的乍暖还寒，也非厌烦三月的阴雨绵绵，只因三月曾使我人生三次"拐弯"，逼我与过去的日子挥泪告别。

人说烟花三月，我却泪花三月。

一九七七年三月，是我第一次离开家乡的日子。

我本在山清水秀、田园如画的家乡活得优哉游哉，一纸中专入学通知书，却将快乐舒适的日子拦腰斩断。家乡有桃花红，家乡有梨花白，家乡有清明时节的蛙声一片，家乡有活蹦乱跳的一帮伙伴，家乡有胜叔公迷人的二胡声，家乡有掏不完的喜鹊窝。

他乡会有吗？他乡能有吗？

离开山村的那天清晨，小伙伴们还在梦乡游荡，我即背起行装走出家门。当我望着薄雾中的桃花梨花，听着从田畴远处传来时高时低的蛙声，回看半山腰胜叔公居住的竹林瓦房和飞过蓝天的叽叽喳喳的喜鹊，蓦然惊觉这一切都将离我远去，万般离愁涌上心头，眼角不禁涌起点点泪花。

一九八八年三月，是我开始漂泊他乡的日子。

已在家乡县城翻阅过十本年历的我，就要前往人生地疏的新建的河源市去做"开荒牛"。十年间，我在这座小小的山城书写下太多的人生第一乐章，第一次领到了属于自己的三十元钱工资，第一次尝到了爱情的甜蜜，娶进了也是三月出生的妻，第一次品赏到了在《南方日报》发表处女作的不眠之夜,第一次随老县长下乡,在边远的山寨同睡一张床体验民间的疾苦,第一次乘飞机前往祖国首都北京,使我读懂了什么叫居高临下,什么叫晴空万里……

分别的日子一天天临近,屈指细数我已走遍了全县二十个乡镇的十八个,为此赶忙叫司机送我去了那两个山路崎岖、偏僻边远的乡镇。一声汽车笛音打断了我所有的回忆,我站在小城通往山外的西门桥上,远眺前方我每天晨练必爬的东山岭,正涌动着前来踏青的红男绿女,和平河畔浣衣少女挥起捣衣槌水花四溅歌声飞扬……汽车将载着我驶向前方,那是一条高深莫测充满变数的路。

面对我曾经留下许多温馨和无数故事的小城,我无法从容挥手,剪不断,理还乱,眼角涌出串串泪花。

一九九〇年三月,我离开江边的城市前往海边的城市,这座江城留给我太多的美好回忆,也留下许多奋斗的脚印。在这片拓荒的土地上,有建市之初合住百人大宿舍的热闹之夜,与市领导在同一饭堂吃饭的同桌操勺,周末坐班车回家的多次往返,住入新房进出的黄泥山冈,骑自行车上班的风吹衣角,领导与我们一起加班作业的同甘共苦。

三年,说短也短,说长也长;说苦也苦,说乐也乐。没有绝对的评价,只有绝对的记忆。当往事被岁月风干,记忆就成为永远,美好的过去,将成为我永远的回味。

河源,将永远留在我的心中,成为我生命里程中一页难忘的画面,三年间的春风秋雨,朝霞夕阳,成为我人生的美好过往。

一九九七年三月,是我告别报社的日子。

跨出报社大门,我将意味着结束六年的记者生涯。六年的时间虽为短暂,却是我人生工作时间最长的单位。六年间我曾经采访过三十多位来自京城的文艺明星,六年间我见证了惠州开发建设的潮起潮落曲曲折折,六年间我怀揣记者证踏遍了全市半数以上的乡镇,六年间我发表了无数的新闻散文和获取了不少奖项,字里行间注满了无数的甜酸苦辣、风霜雨雪。报社给了我人生太多太多,六年的恩怨怎一个"离"字了得?

  站在西湖畔的荔浦风清,看着不时被风吹落的朵朵红棉,我的心乱到了极点,愁到了极点,茫然到了极点,透过蒙蒙泪眼我一瞅通知书上的报到日期,怎么又是三月?

  多情总随三月去,愁绪总从三月来。

  好一个多事的三月,好一个恼人的三月!

  我伸伸手,狠狠地拭去满眼的泪花……

(原载于 2006 年 3 月 9 日《惠州日报》)

山村团圆曲

当晚风轻拂,华灯初上,我便走进西湖融融的夜色里。

明净墨蓝的天宇悄然飘来一轮姗姗来迟的圆月,蓦然惊觉这是今年最后一张"十五的月亮"了。

"举头望明月,低头思故乡。"望着车水马龙、人声嘈杂的马路,以为已走在故乡鸡鸣狗吠乡音四起的村道上,禁不住想起每年春节回家与亲人团圆的幸福时光。

回家的日子总是经过反复斟酌才最后敲定。

刚到村口我就迫不及待地走下车去,一下子扑进魂牵梦萦的乡恋中。熟悉的老榕树和石板桥被美艳绚丽的野花点缀得独具神韵,捡一片枯黄的落叶放在胸口,我听得见故乡激动的心跳;用心品评着幢幢新楼前的门画对联,此时才真正咀嚼出山村过年的味道。

才走到屋对面的篱笆墙边,就有人迅速将消息传递给家人,于是门前地坪上便出现无数双张望的眼睛,如渔妇守望归航的帆。

家中的大黄狗呼地一下远远地扑了过来,摇动着大尾巴用鼻子将我们逐个嗅遍全身,它过于热烈的欢迎方式让猝不及防的儿子后退数步。

乡亲们围拢过来,他们不兴城里人握手那一套,大叫一声我的小名算是最诚挚的问候,当然,讨根好烟是少不了的。

父母亲则显得格外理性,仅在门口与我们打个招呼,即转身回到厨房忙午饭去了,一如庄稼的纯粹和泥土的质朴。

儿子早拉着一帮小伙伴抱着一大捆烟花爆竹蹦了出去。一会儿，小溪边的桃花丛中就响起了噼噼啪啪的爆竹声和时高时低的嬉笑声。

午宴上的家乡黄酒清香四溢，未到嘴边已经令我迷醉。三杯过后，漂泊的苦涩、揪人的乡愁，此刻全都烟消云散。

妻背起那部"美能达"，爬上了屋前的小山坡。

午后的阳光淡薄如蝉翼，古老的家乡宁静在层层叠叠的青山绿水间，红白相间的桃花梨花稀疏于小溪两岸，池塘里悠闲游弋的鸭子，则轻拨着山村无限的生机和希望。随意拍一张，也能与桂林山水相媲美。

乡村的夜是真正的夜。还在吃着晚饭，就有人上门拜访了。脚上趿着拖鞋，手里捧着热茶，接过一支烟点着，话题就在缭绕的烟雾里不经意拉开⋯⋯

听着熟悉而陌生的言谈，我迷失在童年的梦里，乡亲们的高声低语嬉笑怒骂，描尽南北旅途上的沧桑和外出谋生的艰辛，精彩的故事在浓稠的夜色里层出不穷，直到公鸡打鸣、东方欲晓⋯⋯

夜月下，西湖起风了，打断了我的回忆。想起了贾岛的诗："客舍并州已十霜，归心日夜忆咸阳。无端更渡桑乾水，却望并州是故乡。"他的诗戳到了我的痛处，清风明月里，一掬清泪潸然而下。

什么时候，当年在故乡爬上后山大树眺望远方渴望漂泊的少年郎，如今已月过中天寓惠十二载。春节已向我们日日逼近，我又将踏上回家的路，重温与亲人团圆之梦，将打碎了的岁月重新糅合，同时催生新的美丽乡愁。

家乡的月亮，今夜也圆了吗？

（原载于 2005 年 2 月 11 日《惠州日报》）

桃花依旧笑春风

当北方还是千里冰封、万里雪飘的时节,在南方的一个小山村里,一株桃花已经开放得娇媚鲜妍,艳丽灿烂。

这株桃花就在离我故乡老屋不远的池塘边,三月第一场"桃花雨"过后,桃花就被春风催醒了,先是星星点点,继尔满树怒放,随之绿芽吐出,一时间清香满园,蜂蝶纷飞。

桃花树旁,是个翠绿的大菜园。桃花盛开的季节,树下会出现一个活蹦乱跳的小姑娘,追蜂逐蝶,摘花戏水,她就是桃树、菜园的小主人,名叫桃都。

作为邻居,我和桃都小时候也曾在地坪上朦胧的月光下一起做游戏,长大后双双背起书包迎着清晨的炊烟去上学,放暑假时在故乡的青山下一同去放牛、割草、收水稻,她偶尔也会摘下青涩的桃子偷偷塞进我的口袋。我上初中后到外乡读书,我们见面交往的机会日渐减少。

桃都姑娘是个独生女,父亲是本村有钱的裁缝。她是父母的掌上明珠,父母一心盼她招婿入赘。

她长大以后,与村里一男孩频繁来往。男孩英俊壮实,聪明勤劳,出类拔萃,是村中的孩子王。初中毕业回乡劳动时他俩成双结对,昼夜不离,感情日深。

但这段浪漫爱情却被双方父母拦腰斩断,桃都的父母认为那男孩家境穷寒与己门不当户不对,更因他们在本村谈婚有伤风化而坚决反对；而男方父母也因怕男孩嫁入女家而拒绝这门婚事。

棒打鸳鸯之后，桃都与心上人在夜色中的桃树下泪眼相向，抱头痛哭了一场，终于分道扬镳，那男孩不久便成了别人的新郎。

爱情屡遭挫折的桃都从此心灰意懒，寸肠犹断悲怨难咽。在一个桃花盛开的春天，只身离开令她伤心至极的故园，远嫁他乡……

今年三月，我又站在故乡那棵桃树下，桃花依然红艳绚丽，池塘依然碧波荡漾，菜园依然绿意盎然，却见不到桃都的影子。

一阵春风轻轻掠过发梢，我想起了崔护那首著名的诗，"人面不知何处去，桃花依旧笑春风"。是啊，人间已经春风满地，百花盛开，旧的婚姻桎梏早已打破，但是桃都的青春却已逝去，那段凄美的故事也随风飘远。

只有那棵不知人间世事变幻的桃花，在故乡的春野里，在潺潺的春溪畔，在明媚的春光中，一年又一年，悠然地绽开那如少女般迷人的笑靥，独立烟霞，轻抚春风，穿风尘，走日月，灿烂得醉人心魄，也娇艳得令人伤感。

（原载于 2005 年 4 月 3 日《惠州日报》）

田野稻浪与大海涛声

汝湖古色

一

七仙女的传说,在岁月的语境里,故事被一圈一圈放大、羽化、神话,美丽了千年。

壬寅初秋,沿着稻草火龙和疍家渔歌的方向,一行文友走入汝湖。东江之滨的万缕热风,吹软了我们每一双耳朵,洗耳恭听,一阕关于汝湖前世今生的华丽颂词,在八月的阳光下徐徐翻开。

二

溯江直上,来到七仙女飘落下来裙裾化成的上围村和下围村,极目所至,仙气飘飘,紫霞满天。故事格外令人陶醉,以至于所有人都相信,仙女们裙布上的五色丝线,已编染出锦绣田园阡陌垄间的七彩稼穑;仙女们身上散发出来的袭人芬芳,正氤氲着乡间村舍的花红柳绿,白墙黛瓦。

吴黄山上,七仙女依然在面对百里青峰端着茶杯品茗吗?一定是千载一贯地神定气和,手拈兰花而悠然自得。石窝村和葛岭村旁,天将王灵官站立成最巍峨的山峦,手执钢鞭圆睁双眼,驱除鬼怪妖魔,护佑四围百姓,让一方水土四季无恙。

七仙女化作的七女湖,碧波荡漾得让人心旷神怡。白鹭湖,洋朗湖，将仙境和人间自然衔接，过渡完美得天衣无缝，一切并未隔世。昔日的穷乡僻壤，历经凿山劈岭、开路架桥，拓展成最宜居之地，成为现代惠州人的向往。风光旖旎的青山绿水间，白鹭似仙女在翩翩起舞，一只，又一只；一群，又一群；一行，又一行……

三

漫步江岸，汝湖渔歌，正顺着东江踏浪而来，疍家女迎风而立击水而唱，那委婉行腔，随风轻轻荡开，穿云破雾，回荡在层叠的远山。千百年来，渔歌伴随着渔民在风雨中漂泊穿梭，桨橹声如哭如泣，带着泪水，带着悲伤，倾诉着千年苦难，将水中那枚蓝月亮摇扁，嚼碎。

那些渔民祖祖辈辈不能上岸，上无片瓦，下无寸土，伴随他们终生的，只有那条渔船和满江悲寂，每一个晨昏都充满艰辛，含泪苦度。也许，只有在江上吼上几嗓，才能发泄他们心中的痛楚和酸涩。谣曲在黑风恶浪里声声颤响，一咏三叹，似杜鹃啼血。

他们嬉笑怒骂，皆由歌出，昔日悲叹："有女唔好嫁疍家，嫁到疍家真系差。三更半夜正好睡，又来开网打鱼虾。"如今欢歌："千恩万谢共产党，领导渔民翻大身。住上高楼又大厦，一家大小笑嘻哈。"

每一句歌词，均连接着地气，不见风花雪月，却都饱经风霜。

四

稻草龙平时隐匿散落在旷阔的田野，隐姓埋名，作无序逸致状。每年的大年初一到元宵节，它便骤然忙得不可开交。瘟疫时节，亦偶尔出没，翻飞腾挪，助民除害。

在江畔清晨"请龙"的那一刻，它睁开吉祥的眼睛，图腾开始激活，在高亢齐鸣的锣鼓鞭炮声中飘然"舞龙"。它穿街过巷，让千家万户的香火插满全身，点燃庄户人的每一个梦想，祈祷风调雨顺五谷丰登。直至夜色降临满天星斗，被村民"送龙"回归龙潭，最后化作灰烬撒入江河，并将村庄的一切晦气和霉运随水带走，完成使命。

年复一年，稻草龙一直在忠实地履行着自己的职责，为这片土地的子民，或祈福，或降瑞，或驱灾，乐此不疲。

一代又一代的舞龙人，在香火里成长，在砥砺中前行，他们对稻草龙是如此的热爱，他们既是庄户人的后代，也是龙的传人。

五

"糖蜜谷"是汝湖人劳动和智慧的真实写照，他们的劳作，曾经酿造过无数最甜蜜的晨昏冬夏。那炼糖的大烟囱如今虽然不再冒烟，炼糖的民工已化作雕像成为永恒，但在乡村的另一头，甜玉米正排着长队，爬上高高的履带，还原成每一个颗粒，后被装箱登车远行，带着汝湖的特有醇香，奔向每一座城市，走进每一个超市。从田野到城市，度量着最有价值的距离。

瀛图真君宫石戏台，静静地端坐在岁月深处，沉默寡言。数百年间唱累了跳乏了，真需要休养生息。夜夜笙歌锣鼓喧天的好时光似乎一去不再复返，琴韵和箫声都被打包浓缩为另一个小小的屏幕，整天执于手掌。但仍图人并不打算告别石戏台，只是精心地将舞台用铁丝围起，折叠起每一节锣鼓声，暂且寄存在岁月深处。仍图人认为，也许有朝一日，戏台打个呵欠伸个懒腰，又将苏醒复活。

汝湖人对感恩的理解，比任何人都深刻、透彻，每一份爱都不会无缘无故。为百姓治愈疾病的民间名医，村人坚信他就是"药神"孙思邈的化身，当所有的感激难以言表，于是将万千的爱凝固成了那尊"医灵大帝"塑像。当年迁徙落居之初开挖的百年水井，镌刻上"饮水思源"，世代铭记心扉，感恩戴德。村庄里满墙的大学生录取通知书，在诠释着：懂得感恩，方能致远。行走千里，也当思来时的路。

六

　　大明的月亮，一直高挂在仁英围的天空。

　　厚实的城墙，写满陈年往事，一副道貌岸然；那相对的两座角楼，昼夜不息地眺望远方，任凭房顶瓦缝间的杂草疯长，直到地老天荒；赤红色的砖土门楼，历经千年沧桑风雨不倒；已经磨去大半的春墙，磨掉的是过往，屹立的是沧桑；那半截城墙，苔藓斑驳，犹如残缺的一页线装书；祠堂内那一块块年代久远的功名牌匾，见证着仁英围的人杰地灵和英才辈出。

　　一痕清月，照进漠漠岚烟；一夜箫声，牵出漫漫黄沙。

　　枯荣和盛衰，都被一一领略。历史，就此定格。

　　我触摸着沙砾粗糙的围墙，依然能感受到当年的战云压城，厉兵秣马。如今的古巷尽头，鸡鸣和犬吠都已远去，草色枯黄，家园空落。

　　即使往事如烟消散，即使繁花随风落尽，静穆的一切，仍然不容忽视。

七

　　沙洲尾村东江老渡口，谨慎行走，怕一不小心，踩碎了千载江声。斜阳暮色，一片苍茫，谁在唱离歌？

千百年来，无论寒霜盖路或狂风遮天，也不论是寒来暑往或北雁南归，渡头于千片朝晖和万朵晚霞中，送走每一个夕阳，又迎来每一轮旭日。渡口有快意的呼唤，也有无奈的叹息。会迎来回归的亲人，也会送走远行的游子。迎来的，有惊喜的春燕；送走的，也有断线的风筝。或成靠岸港湾，或为忘川之水？一切，都似前世注定。

老渡口总为情所困，母亲的叹息和恋人的叮嘱，不时牵扯着游子的衣角，让人进退两难，欲行又止。在冷月和寒星间，欢笑和泪水，总是掺杂交集，此起彼伏。在乡愁的信笺上，总让人难以落笔。

傍晚的河岸，晴空高远。江风习习，花香袅袅。一群摸田螺的孩童，纯真稚嫩的笑声，飘洒在大江的清浪碧波间，岁月是如此静好充满幸福，一切都那么爽畅迷人，那么醉人心扉。

如今的老渡口，在岁月的拐弯处，晃了几晃又挺直了身子。不见了来往的白帆，出江的小船已轻抛江岸，代之以百吨机帆船飞驰而来，高鸣的汽笛横贯时空，让千年的艄公号子黯然失色。"沉舟侧畔千帆过"，在辽阔的东江河上，重新展现出气势豪迈的百舸争流图。

辛亥革命"七女湖"起义的枪声，仍然回荡在高空，余音不绝。蓦然回首，在岁月的长河里，历经沧桑的汝湖仍然眉目清秀，古老的大地刷新在年轻的清晨，勤劳智慧的汝湖人，在新时代里正致力于振兴乡村，耕耘在"七仙汝湖，诗画田园"，迎着灿烂的霞光，挥写明天的辉煌。

(2022 年 8 月 30 日写于惠州市西枝江畔)

土桥挥春

今年2月1日，正值农历"小年"前夕，我们市老干部书画研究会的几位老书画家，携笔带纸，随风起程，奔向惠城区横沥镇的土桥村，开展向农民兄弟送春联送书画活动。

腊月的阳光很含蓄，在车窗前后委婉地翩翩摇曳，皴点勾斫。

村主任专程从村里跑到市里来接我们，一路走一路说，欣喜之情溢于言表。他说如今的土桥村已被誉为"三大之乡"：一是梅菜之乡。当年梅姑播下的梅菜种子，已在这片土地上扎根繁衍，全村年产3000多吨梅菜，远销东南亚、美国，梅姑的传说与土桥梅菜一起，香飘四海，享誉八方。二是文化之乡。一个3000多人的村庄，连续5年考上大学生127人，年均25人，村里有2个博士一个博士后，有的留学英国、法国和美国。三是汽车教练之乡。全村有56人担任汽车驾驶员教练。村里有新建的村委会办公大楼、科技文化楼、农家书屋、卫生站，小学配有电脑室，去年还盖起了老少活动中心。如今土桥人的生活，将二十四个节气都腌醅得红红火火、有滋有味。

与一望无际铺满梅菜的绿色田畴打一声招呼，我们就走进了土桥村老少活动中心，只见一副长联用金漆镌刻在红色大理石的大门上："箫声琴韵飘逸泥土乡音梅园里；秋光春色萦绕小桥流水人家中。"内嵌"土桥"二字，"秋光""春色"喻示老年和少年，点出了老少活动中心特色，正是本人的拙作。活动中心内设二层：一层活动室，二层书画室。四周墙上挂满了书画作品，一股浓郁的书香扑面而来，李白和苏轼横穿时空，正徜徉在土桥的田埂上吟诗唱和。

首先进行了赠书仪式，市老干部书画研究会杨祥会长向村委会赠送了"欢庆十八大"的画册，我赠送了市散文诗作品集《微澜》，叶思裕老师赠送了西湖画院画册。随后，我们便投入了紧张的挥春中。叶思裕、叶来聪、李韶英三位画家上了二楼，将两张书桌和一张茶几作为画台。杨祥、姚恒让、杨绍荣三位书法家在一楼大厅，将村新买的乒乓球台摆开作为书写春联大桌。杨会长的一副大门联"厚德载福，和气致祥"笔锋圆润大气磅礴；姚恒让老师一幅清秀的行楷"吉星高照迎百福，瑞气临门纳千祥"道出了农家人的心愿；杨绍荣老师飘逸的行草"展前程繁花似锦，望未来日月更新"，反映出广大农民对生活的美好憧憬。

一会儿，从田里刚刚收获完梅菜的农民陆续踏入活动室，看中了一副便卷起，道一声"感谢"拿起来便走了。附近的走路来，远的开着摩托车来。有老人，也有小孩。一位朴实的种梅菜大叔看中了"发家勤为本，致富俭当头"，精心叠好；还有一位中年汉子，从怀中掏出一张皱巴巴的卷烟纸，上书对联草稿"五味调和香十里，四方宾客酒三杯"，说要写好贴在厨房内，字里行间洋溢着农家人富庶丰稔的幸福生活。

在二楼，女画家李韶英画的梅花兰花蓓蕾吐艳风中怒放，书写着农家人奔向小康生活的无限向往；叶思裕老师的葡萄小鸟题为"雀跃庆丰年"，倾诉出农家人迎春接福的美好心情；来自惠东县的农民画家叶来聪一幅"大吉大利"，精心描绘了硕果累累的荔枝树下，一只引吭高歌的大公鸡和一群觅食的母鸡，笔韵流畅生机盎然，题目取"鸡"的谐音"吉"和"荔枝"的谐音"利"，给农家的新年带去一片祝福。

我们一直不停地忙,直到下午两点,我们才送走最后一位农民兄弟,收工吃饭。我们很饿很累,但虽苦犹乐,我们已将丹青和墨香,揉进了土桥村万紫千红的春天。

直至夕阳西下,我们才踏着晚霞而归。沿途不时响起鞭炮声,春节就在我们不远的身后追赶着,已离我们越来越近……

(原载于 2013 年 2 月 26 日《惠州日报》)

和风徐吹土桥村

三月,春暖花开。我陪当年的老首长返回他的家乡矮坡土桥村,一路走来,车窗外不时掠过吐绿的柳丝和低飞的燕子,农民扬鞭催牛耕耘播种,在繁忙的春天里撒下一年的希望。

土桥村素称"梅菜之乡",梅姑当年种植梅菜留下了美丽的传说,如今,梅姑的后人所植梅菜漂洋过海远销美国、东南亚,迄今为止,全村年产梅菜已达三千多吨。但土桥人津津乐道的并非他们的骄人财富和小康生活,而是富而思进、暖人心怀的和谐新风。

踏入村口,在宽敞平坦的水泥路边新建的土桥小学,琉璃坡屋顶仿古建筑的门楼上书一副对联:"基础惟纲勤长智,品德熏陶育良才",昭示着土桥人对"百年大计"的领悟感言。村里每年都有上十人考上全国重点大学,有博士生一人、研究生二人,有的远赴美国、法国留学。高考放榜的日子是村里的欢乐节日,村里要为中榜学子发放奖学金,还要举行电影专场晚会,在全村烘造出一股浓浓的兴学助学氛围。

学校围墙外面,吐艳怒放的红棉树下,是上百米长颇具气势的"科普文化长廊",上面写满了关于新科技文化的"五进村"、关于新的文化室和卫生站的"五建"、关于重新治理路水房厕灶的"五改",关于新的农作物栽培防治技术"五要领",标示着土桥人对新农村新生活的向往和追求。

在新建的富有现代气息的村委会大楼前，村支书用惯扶犁耙的粗糙大手打开笔记本电脑，畅谈新农村的建设方略，他说建设新农村首先要培养一代新农民，去年始在全村评选出五十户"新风户"，还评选出种养梅菜、粮食、花生、三鸟、猪的五项十大户，并给予物质奖励，村民踊跃参与。在市驻村工作队帮助下，大力开展村容村貌治理、污水沟整治、兴建引水工程、饮水工程和机耕路，进行学校维修和扶助贫困生活动，新农村建设搞得如火如荼，浪潮迭起。尤其是全村垃圾集中处理，解决了村人千百年来的劣习，村人称"开天辟地头一遭"，全村面貌焕然一新。

碧波荡漾、蛙声一片的池塘畔，一幢两层新楼吸引了我们的目光，这就是土桥人引以为豪的村科技文化室，甘肃省军区原政委李统厚将军的手书对联"土生土长土为根，桥乡桥兴桥人旺"，镶嵌入"土桥"两字。进入大楼，映入眼帘的是刘胡兰、董存瑞、雷锋、王进喜、孔繁森等不同时代的十位英雄画像。厅内张挂着村内土画家的巨幅油画和捐款建楼的芳名录，令人感兴趣的是"土桥歌谣谚语"，如"勤者得食，懒者得饿"，"为儿不知娘辛苦，养女才知谢娘恩"，"秋前插秧差一天，秋后插秧差一时"，那是土桥人传家立业、弘扬美德的心得语丝。在二楼则摆满了各类书籍，琳琅满目，窗明几净，光顾文化室的大多为青年农民和学校学生，他们正是土桥村的未来和希望。

走出村口，一条现代化的大马路通向远方，广州洲际和富力集团在土桥附近投资数亿元的黄沙洞五星级温泉酒店，即将在今年10月竣工开业。这将是土桥人翘首以盼的无限商机，他们立马筹划扩建连接大马路的村道，修建沿路风景林，兴建农家土特产一条街……

站在土桥村头放眼四野，明媚的阳光点缀着青山田畴，这片古老的土地将奏响新的田园牧歌。看着村干部们胸有成竹地描绘远景，指点江山，一股建设社会主义新农村的新风扑面而来，沐浴在徐徐的春风里，他们陶醉了，我也陶醉了。

(原载于2007年5月13日《惠州日报》)

土桥，文韵荡漾

五年前那个桃花盛开的春天，顶着袭人的花香，我陪老首长回到他的家乡横沥镇土桥村，一幅乡土田园风光，绿意盎然得让我如痴如醉。

去年腊月，我再次陪老首长重返故园。冬阳下的土桥，几头老黄牛在秋后的庄稼地里闲散地反刍着年终总结，黄灿灿的风从前方走来，深一脚，浅一脚，在草垛树梢间翻弄着兔年的最后几张日历。

被土桥人引以为豪的那座村科技文化楼，在田野池塘畔宁静地沉思，上面新挂的"农家书屋"牌匾，是它新添的一张"文凭"。时近中午，土桥小学放学的孩子们，轻轻踏入书屋，收敛起叽叽喳喳的笑声，如雀跃的小鸟不再啁啾，轻步登楼，翻看着新来的书籍，在万册藏书间遨游。用短暂的午休时间，见见李白、张爱玲，会会冰心、李清照。一会儿，他们奔出大门，穿行于油菜花间，一路奔跑一路唱，掠起群群蜂蝶。

村委会大楼上，一条"2011年考上大学生座谈会"横幅，是一道醒目的套红新闻标题，在大声告白，土桥村今年又有19个农家子弟，用知识的金钥匙打开了通往高校的大门。他们如秧田里腾起的凤凰，扶摇直上，放飞希望，在祖国的蓝天下做最得意的盘旋翱翔。

村主任带我们来到了学校，如今乡村学校也有了电脑室，14

部清一色的液晶显示屏电脑，就是土桥村外出的一位年轻女企业家所赠。我站在一排排电脑前，似乎读懂了这位土桥姑娘最纯洁最慈爱的心。是否你每次随父亲回家路过学校，是那面迎风飘扬的五星红旗感动了你，还是孩子们的琅琅读书声打动了你？

一幢气派的小洋楼静立大路旁，这就是土桥村卫生站。门口的一副对联"土药配好亦治百病，桥人和谐更健万家"，正是应老首长之邀，本人斗胆所题，对联嵌入了"土桥"两字。我生性愚拙难撰佳联，只是以此表达对土桥百姓的一份祝福。

紧挨着卫生站的，是一幢在建的两层新楼，村主任说，这就是"土桥村老少文化活动中心"。现在全村 60 岁的老人已有 240 多人，应有一席之地"老有所乐"。让辛勤劳碌了大半辈子的老人们放开羞涩的歌喉，在蛙声十里、秋虫鸣叫里吼上一曲《希望的田野》《夕阳红》，乡村就会年轻十岁。乡村的舞池与都市女郎无关，与高跟鞋无关，与法国香水无关。是关于腌菜缸与协奏曲、豌豆花与华尔兹、淘粪勺与管弦乐，如何联袂演绎的故事。舀一瓢音符倒入黄昏，乡村的夜晚会腰杆挺拔，激情沸腾。

土桥，是梅菜的故乡，丰稔富庶的土地处处呈现出社会主义新农村气象。"仓廪实而知礼节，衣食足而知荣辱。"五谷丰登、丰衣足食之后，他们选择了富而思进，文化兴村，"白天种梅菜，晚上学电脑"，二十一世纪的农民，会舞弄的不光是犁耙锄镰，还有鼠标键盘。新时代的"梅姑"，正脱下头巾围裙，点开田野稻花飘香的阡陌页面，链接今日农家的快乐幸福，让泥土的芬芳里飘逸出翰墨幽香。

然而，土桥村云蒸霞蔚的缕缕墨香，都氤氲着一个人的气息，一位土生土长的土桥人。他五十年前从军离家，一路走来岁月如歌，如今已年逾古稀，乡音未改，华发如霜，退休后却致力于家乡建设，演绎出一个个抑扬顿挫、感人肺腑的动人故事。这就是我的老首长，一位可亲可敬、不愿向外界透露姓名的老军人，老共产党员。那位捐资办学的女企业家，其实就是他的爱女。

走过万水千山，总是故土难离。桑梓兴衰，乡人有责。他为家乡建设默默无闻奉献一切。"花经雨后香微淡，松到秋深色尚苍。"站在土桥广袤的田野上，让晚风将往事吹向遥远，吹向笙歌缭绕的远山，吹向霞光绚丽的昏晨。他用平凡书写崇高，以无私展示大爱，他的行为，让村人感激，更令我感动。

田畴含烟，夕阳如金。我满怀敬意，跟在老首长身后，迎着文韵荡漾的漫天祥云，大步向龙年的春天走去……

（原载于2012年2月5日《惠州日报》）

铁涌渔汛

铁涌，是一张高扬在考洲洋上的白帆，它轻盈如白云，飘逸似白鹭，在广袤辽阔的稔平半岛上，于沧海桑田间，随潮起潮落，千年万年挥写着属于自己的美丽如画。

走进溪美的古老巷道，沿着苍老质朴的石板路，会引领你一直走往远方，走向远古的炊烟袅袅，万家灯火，以及三月的春风摇曳。方氏祠堂里香火鼎盛，吐艳芳华，里面的"九厅十八井"，预示着溪美人的古往今来和前世今生，也预示着如今的溪美人生活一如既往地依然红火，仍然甜蜜。祠堂前的老人，反复叙说着"溪美是个好乡场，青山绿水在两旁。左有青龙右白虎，前面有个荷包塘"。他们将溪美的形胜编成了歌，随意地挂在嘴边，没有任何矫情和自夸，却有别样的豪迈和得意。

发源于百峰山的两条小溪，一北一南自西向东蜿蜒而来，在村东面骤然并拢来个"双水合金"，激情喷发紧紧地拥抱着溪美村。祠堂前那口半圆的大池塘，犹如一个大荷包，溪美人的丰衣足食丰稔富庶，以及和平安宁的岁月静好，都书写在这片土地上，潜藏不露地浓缩在墨绿色的池水深处。

傍晚时分的油麻地村，夕阳山外山，薄雾弥漫。一行白鹭，飞上青天，又轻盈地撒落田间，在绯红色的斜晖里，划过一道道白色的弧线，飞白过处，留下一声声暖人心扉的低吟浅唱。比之于杜甫的"一行白鹭上青天"名句，来得更为生动而具体，更有诗情与画意。

农人在田间地头,将花生、荔枝、龙眼、稻谷,装进丰收的箩筐。旷远的田野,农人在春天稿纸上打下的腹稿,经过不断加工修改、润色,在金色的秋天里终于封笔脱稿。只是,他们没准备向任何报纸杂志投稿,只是放在各自的仓库,然后分别奔向需要的地方。他们的想法,似乎更为实际而真挚。

收割机在千年的土地上纵横驰骋,让那一把把跃跃欲试锋利无比的镰刀独自悲伤,情何以堪?当年的月下磨刀,欲试锋刃,如今消失得无影无踪,永远定格在农人的记忆深处。成熟的庄稼与镰刀没法见面,庄稼作何感想,还会秋后算账吗?

这世界变幻得太快,让蹲在田埂上抽烟的老农民摇头晃脑,一下子理不清思路。挥舞了千年的镰刀,怎么说没就没了呢?大步流星的岁月步伐,将他们甩抛得无所适从。

丰收的田野间,除了奔跑的收割机,还有来回运粮的汽车,以及快乐的农家少年。他们欢快惬意的笑声,盖过了收割机的马达轰鸣。怎么听起来那么熟悉又那么陌生?老农民猛吸了一口旱烟,同时摇了摇头。

只是,古井还在,古巷还在,古榕还在,乡村还在。

乡愁,也就还在。

赤岸村渔场里,说好了的要去看船上的白帆,听船工的号子,看那渔家的姑娘,如今都远去了?

大海间,不见高唱渔歌的渔家姑娘和奋臂摇橹的渔民汉子。海岸上,只有急于搬动整车蚝苗忙碌的姑娘小伙,那一双双戴着手套勤快飞动的手,正在考洲洋间播下万千蚝苗。

大海,是他们耕耘的田野,比田野却更辽阔。大海间,有他们更美好的生活,有更美丽的未来。虽然,大海深不可测,大海上充满风云变幻，但渔民从来不惧怕这些。风里来，浪里去，一切，都是他们的日常。

我们相约冬天再来吧，蚝场里会响起响彻海岸的丰收渔歌。

新时代的渔村，正在赶往一场继往开来的全面振兴。大风起兮云飞扬，水岸之上，渔舟唱晚。

等待他们的，是一阕重新填写的新词。

（原载于 2018 年 8 月 18 日《惠州日报》）

海上筑歌

大亚湾,好诗意的名字。

千百年来,大亚湾天色苍茫,云霞明晦,或风平浪静,轻歌曼舞。或微风细浪,低吟浅唱;或惊涛拍岸,奋声高歌,弹奏着一曲曲悲欢离合、云谲波诡的岁月之歌……

太平洋的海风,在它身边悠悠地吹了五千年,太平洋昏睡得太沉太沉,以至于这片土地荒无人烟,杂草丛生,凄清苍凉。千年不息的涛音,应该是她沉睡的鼻鼾声——那是一段舒缓拖沓、冗长沉寂的前奏曲。

大亚湾不会忘记,在它蔚蓝的胸膛内,深藏着一块民族劫难的伤疤。抗日战争中,日本侵略者在这里登陆,将屠刀杀向华南人民,大亚湾云光水影间曾插进一段腥风血雨的历史。

时光在涛声中流逝,当大亚湾潮涨潮落抚平了历史的伤痕,当改革开放的东风吹热了这片土地,当世人的目光再度聚焦于大亚湾,饱经沧桑的茫茫海湾,才真正奏响春之圆舞曲。

岁月的航船并没有一帆风顺,宁静的大海有时也会暗流回旋,大亚湾回落过,叹息过,失意过,冷漠过,在疾雨浓雾的早晨,在星稀月残的夜晚;在风狂雨骤的夏日,在浪寒水冷的冬夜。寒来暑往,月圆月缺,几度春秋,几度浮沉,大亚湾的过渡段是一支疏散无章的随想曲。

蓝天,碧海,白云,红帆。

1988年的春天属于大亚湾。当独具慧眼的荷兰人在这一年将投资30亿美元的中海石化项目选址大亚湾时；当1998年2月16日那个不平凡的日子，南海石化项目框架协议在荷兰海牙签订；当2000年10月那个金色的秋天，中海石化项目正式合同在北京、惠州签订时，尘埃终于落定，大亚湾梦幻成真。回首往事，激情难捺，大亚湾用流畅欢快的旋律唱响了炽热腾跃的奏鸣曲。

新世纪的风吹拂着大亚湾，党的十六大召开前夕，又是一个收获的金秋季节。

风，吹着；

浪，击着；

海鸥，飞着；

太阳，照着。

风，吹过来，大亚湾轻轻地梳了一下头发；

浪，扑过来，大亚湾嘻嘻地洗了一把脸；

心事随海鸥在放飞，笑脸似太阳般灿烂。

2002年11月1日，大亚湾要记住中海石化奠基这个特殊的日子，大亚湾要在这一天迎接来自四面八方的宾客。

引徐徐大风，将彩旗卷得更高；

呼滔滔激浪，将鼓点敲得更响；

洒一地阳光，赋空气以色彩；

唤漫天海鸥，予天空以吉祥。

大亚湾，不再寂寞，这片土地开始沸腾；

大亚湾，不再忧虑，这片土地开始微笑；

大亚湾，不再凋零，这片土地开始泛绿。

荷兰，北京，惠州，大亚湾，签约地离目的地越来越近，工程蓝图离我们的理想也越来越近。随着奠基动工的第一铲土落下，大亚湾拨动了高亢激越、扣人心弦的新时代交响曲!

(原载于 2002 年 12 月 11 日《惠州日报》)

那山那水那片天

七彩庄稼地

艺术没有国界，也不分肤色，美就是她的世界语。在北京奥运会、上海世博会、广州亚运会这些国际性的胜会上，满身乡土味儿的广东惠州龙门的农民画，能赢得世人的青睐，就是以她浓浓的乡土美征服着爱美的人们的。如果你走进她的故乡龙门，走进龙门的农民画博物馆，这种征服更会显出一种集体的动人的力量，还原为一种集束式的乡村感动，就仿佛真的置身于七彩庄稼地……

丰收的果园在秋风里绽开笑靥，草垛叠满了村民们的喜悦往事，篱笆墙外的小路上蜂蝶成群，迎亲的队伍转过了山坳，农家小院的青砖瓦房下，摆开的喜宴香味扑鼻，《山女出嫁》的唢呐声锣鼓声冲出画面，扑面而来。

千家万户贴对联，千家万户把门开，千家万户欢笑声，千家万户闹新春，你看，那舞龙舞狮的小伙多精神，扭秧歌的大嫂多开心，鞭炮齐鸣，百鸟争春，《小镇新春》图示出不断攀升的农民幸福指数。

墙上挂满了玉米，橱柜里盛满了各种调料，地上摆满了茄子青菜，男人在大刀砍肉，女人们在洗菜吹火，灶台上一溜儿鱼鸡，《新厨开火》向我们"晒"出的是农村新生活。

万人空巷闹元宵，千村欢乐庆中秋，百户争睹娶新娘，十里山寨瓜果香，三月阳春回娘家，一河两岸赛龙舟，能读出农民梦里的笑声；芭蕉树下捉迷藏，打谷场上荡秋千，新婚之夜显恩爱，你会听见牧童甩响在清明时节的长鞭，看见三春少女发梢上带露珠的鲜花。

一片笙歌与两江美景，三春似锦与四季如春，五谷丰登与六畜兴旺，七星湖上八面来风，九重远眺里的十里花香，那散发着浓郁乡土气息的艺术芬芳，就这样悄悄打翻了我深藏心底那份久违的乡愁。

素材、构图、色彩，构成了农民画的主旋律，在春天里歌唱。素材，是农民画的内涵：河边放鹅，端午裹粽，菜园里摘豆角，洼地上挖茨菇，都是普通的劳动场面；贺新年，闹元宵，赛龙舟，庆端午，度中秋，对山歌，均为农家的传统节日；花村乡居，山城集市，水乡茶馆，禾堂果园，触及田间地头，处处浮动乡音。在春雨里播种，在夏阳下打场，在月色下送走秋风，在冬寒中迎来新岁，我们的农民就这样耕耘日月，书写春秋。

构图，是农民画的骨架：农民画家，敢于摆脱桎梏，不受"焦点透视""物体比例"的束缚，大胆布局，夸张变形。美，有时会没有任何理由。色彩，是农民画的魅力：《福临门》画的是春节，非红莫属。红对联贴满了红门楼，红灯笼挂满了红门柱，红棉袄点开了红鞭炮。遍布画面的中国红，衬托得喜气盈门和温馨迷人。

《榨油》是一种耀眼的柠檬黄，满地花生，满屋的油，连两个赤膊挥锤的壮汉，也被汗水和油染成一片灿黄。不息的锤声和劳动的号子，模糊成一片炫目金黄。

《火狗舞》渲染出月色下的蓝色调，红色的篝火映红了少女的脸庞，周围是宁静的酞青蓝，在朦胧夜色下少女在沐浴洗头，在暮霭中与心爱的人十指相扣，最动人的情节隐藏在树荫深处，少女的故事就在那一夜翻开扉页。

在农民画博物馆，看不够的柳絮桃花，紫燕黄鹂；瞅不厌的彩云笙歌，花月春风；瞧不完的青草花溪，蝶影荷韵，每一段线条、每一片色彩，都乡情荡漾，心事如花，让我们沉迷眷恋，醉入画乡。

踯躅在这七彩的庄稼地里，你略一弯腰，就能捡拾到一束姹紫嫣红的美丽。

（原载于2011年9月14日《人民日报》，入选《2012年中国散文诗年选》）

如画龙门

冬天,我们踏歌而来走进龙门

2010年的冬天,寒冷得不可思议,但仍然挡不住我们去龙门采风的脚步。我们一行18人走进龙门,就走进了姹紫嫣红的花园里。大风不刮了,乌云散去了,太阳出来了,画乡为我们展露出最热情的迷人笑靥。

一路上,我们纵情高唱,踏歌而来,将音符洒满一路。车窗外掠过翠绿的芭蕉、浅黄的田野、淡蓝的远山,为我们配上一幅幅田园风光的唯美画面。

在天堂山水库,远去的波纹让我重温当年与友人一起游历泛舟的记忆;龙门博物馆,展示着这片土地厚重的文化底蕴和悠远的历史渊源;在县作家协会、《龙门文艺》编辑部,让我们看到了文化人坚守的那方神圣的芳草地;攀上塔山公园,斜阳中让我们站在高处看清了一个立体的龙门;天然温泉,让我们腾云驾雾在"中国温泉之乡"。

那天清晨,我独自一人手拿相机,穿行在大街小巷,在斑驳的门楼和青砖蓝瓦间,寻觅乡村日渐逝去的足音。

画乡，让美丽飘向世界

在龙门，无论走到哪里，都会见到她熟悉的身影。

龙门农民画，那完美的构图和艳丽的色彩，质朴的线条和鲜明的语言，是一首首关于镰刀锄头和油彩画笔的抒情词章。田头的午餐缠绵着温馨，暮归的牧童牵扯着夕阳，春节的乡村燃放着幸福。在亚运会，世博会，奥运会，亮出龙门最靓丽的一张名片；摘一段幸福的日子漂洋过海，遨游欧美，让老外也如痴如狂。

稻花香里，你抹去那一缕发丝回头嫣然一笑，世界从此为你惊艳。

在景新民俗文化村，农民画与砻、碓、花轿和现代建筑欢聚一堂，打造成一幅诗意的图画；农民画创作中心，是农民画的产房和发源地，那一双双灵巧的手，让美丽出生降临人间。在天然温泉农民画博物馆，我犹如徜徉在百花园，满目芳菲。

整个龙门，就像一幅农民画，那么朴实，又那么美丽，起伏的山川富有韵味，丰稔的土地万紫千红。勤劳的龙门人，将每个耕耘的日子，让春雨染得青绿，又让秋风吹成金黄。

蓝田，我梦中的伊甸园

踏上那条晃晃悠悠的吊桥，就将我摇进了梦乡，瑶族小伙的牛角号和那面大锣，也未能将我吵醒。

穿入云天的那对牛角，是瑶族风情园的醒目标题，在严冬里朝着春天的方向飞翔。

那长长的木屐，三人穿行必须步调一致，无法统一的步伐让同伴轰然倒地，让大伙笑翻了天。

远处的田野上，老牛们在冬阳下信步沉思，已开始复习春耕的功课。

山中那古朴的瑶寨木屋和长满榛子的山谷，深藏着瑶族同胞的沧桑岁月；我沿着修竹荷岸寻歌而来，春日的蛙声和夏季的艳莲已经远去，迎接我们的是天籁般的瑶族歌谣。

那场盛大的瑶族歌舞每天都在上演，"舞火狗"让一代代的瑶族姑娘化茧为蝶，银色头饰下那张天底下最纯朴的脸，打动了最寒冷的冬天。

（原载于 2011 年 2 月 13 日《惠州日报》）

官山，一个多彩山村

如画山村

透迤在博罗县公庄镇黛山青溪间的乡村公路，是一段引人入胜的精彩导读，把我们带进了一个充满诗情画意的山村。

茶园、蕉林、远山、古屋、小桥流水、溪畔人家，所有美丽山村该有的她都有了，所有田园风光该美的地方她都美了。天是那样蓝，山是那样青，水是那样绿，空气是那样鲜，掩映在青山绿水间的农家小楼，红墙黄瓦、水榭草坪，可与城市别墅相媲美。停泊在荔枝树下的奔驰、丰田，车轮上还沾带着叶片、花瓣和露珠。

山村离闹市并不遥远，村口十公里处，就是广河高速公路的入口。无论你的双脚何时踏进山村，都会发出一阵阵美的尖叫。

所有的美丽无须惊叹，因为这山村的名字叫"官山"。

红色山村

60多年前的子弹仍在飞，祝贺大捷的锣鼓仍在敲。

1949年3月16日那天早晨，1000多个来势汹汹的国民党匪兵，乘着朝雾窜来上坪，在东江纵队战士们的英勇冲杀下和曾生司令员的从容挥手间灰飞烟灭。太阳出来了，敌人躲在阴暗的树荫下瑟瑟发抖；灿烂的阳光下，战士们身背缴获的枪支走过田埂，胜利的歌声飘落在小溪两旁。

山坳间耸立的石碑上镌刻着"上坪大捷",那是东江纵队史上的一张"号外"。

那条通往作战指挥部的石板路,早已被浓浓的魔芋叶子遮盖,指挥部的旧址,也早已只剩下几根断柱。遥想当年,曾生司令员在这里运筹帷幄,指挥大捷。在密密匝匝的树缝叶隙间,我们依稀还可听到他那让敌人闻风丧胆的爽朗笑声。

当年侵略者的铁蹄也曾践踏小山村,那个带领游击队奋勇杀敌,被敌人抓住坚强不屈英勇就义的黄升平,还有为战士们送饭送水照顾伤员的"红嫂"张义娘,显示出官山人的不屈风骨和爱国情怀。

如今,和平的阳光照耀着山村,在新的村委会大楼前,村支书在为我们精心描述官山的幸福未来。

飘香山村

那是三位同心同德的姐妹啊,才能干出如此惊天动地、流传千古的大业,让善良和勇敢化作了山坳上永恒的玉兰树,花香飘逸了八百多个春秋。

玉兰花总在春末夏初开放,飘落的花瓣随水漂向远方。玉兰花树旁边那个大橘园,是否因你的花香显得更加丰硕沁甜;天子嶂下的官山河,是否因你变得更加清澈甘甜;沿河两岸稻花飘香的农田,是否因你而变得更加丰稔肥美。

让红玉兰、白玉兰、黄玉兰三姐妹变作大树的龙王爷哪里去了?被三姐妹的花香迷倒的蟹将军醒了没有?其中天机,谁也未能轻而易举地一语道破。

唯有亭亭玉立的玉兰树，与山村一起长留千古，也让凄美的故事流传千古。

古色山村

翘起的飞檐，微张的枪眼，在古雕楼身上融为一体，让人说不尽也猜不透，这种组合是为了装饰，还是为了战争？似乎有着难以诠释的暗示和玄机，战争与和平，总是在这里冤家聚头，难解难分。

铺着花岗岩的石级，布满青砖的天井，锈渍斑驳的花雕门，长满青苔和野草的地坪，是正在发黄脱落的线装古籍。180多年的冷月残阳，就从半圆的石拱门间匆匆飘过。

机敏的大黑狗和胆怯的小花猫，在一堆柴垛后警惕地瞭望。门神年画还沉醉在春节里睡眼惺忪，尉迟恭和秦叔宝在默默地守着空门，但主人还不放心，还加了把沉重的大锁。

满脸皱纹的阿婆大伯说儿孙们都在城里打工，平时她们把日子储存在吱呀作响的竹椅里，只在如火的晚霞里将思念点燃，飘向山外。

雕楼旁新盖的五层楼里挂红披彩，震耳的鞭炮声惊醒了往事，迎进的新人在延续着山村的明天。

青砖飞檐的陈氏祠堂里走出无数的英才俊杰，让官山的名字在今天有了更丰富的内涵。

梦幻山村

秋枫寨，如一片枫叶藏在了大山深处，那条潺潺流动的小溪，分明是从叶脉流下来的甘露，那条伸向山坳里弯弯曲曲的乡间公路，那是枫叶上那枚翠绿的叶柄。

在密集的香樟树和松杉林之间，鸟语和蝉音此起彼伏，组合成美妙的二部声和音，用原生态的迎宾曲，愉悦着远方的客人。

五月的岗稔花，也许是羞见陌生人，在路边伸出绯红的脸庞。

在拥有豪华舒适的现代别墅和具有野性的原始森林间，抛却城市的尘嚣和烦恼，来这里登山、观瀑、漂流、泡泉、品茗，兼当活神仙和现代人。

入夜，月亮湾里的那道月色，正沿着湖畔轻轻走来。满天星斗抖落湖面，化作一圈圈的浅浅涟漪。蹑手蹑脚的山风，在悄悄掀开月亮湖的盖头和裙裾。

最宁静旷远的大山深处，潜藏着最撩人心魄的情节，总有最美丽感人的故事发生。

（写于2012年6月13日，刊于惠州市作协主编的《走马官山》）

博罗三章

重游罗浮山

依然厮守在粤东一隅,依然峻秀在腊月末端,"岭南第一山"的称誉,你一直当仁不让,独享殊荣。

狮子峰和飞云顶,总喜欢在斜阳中聚首,在余晖间互相点赞。

去年冬天,我们市老年大学的班长们慕名而来,拜访葛洪和屠呦呦。走进葛洪博物馆,又走过炼丹炉,我们未能成仙,但我们的思绪却穿越千年,高飞广宇……

走进青蒿园,每一张叶片都装满故事。古老的中华医学,每一个章节都令世界惊艳。站在世界最高领奖台,我们笑得当之无愧。为勤劳聪慧的伟大祖先,为砥砺奋行的中华儿女,我们有一百个理由自豪。

贺龙元帅手植的两棵英雄树,挺拔轩昂,直指云天。东纵纪念馆的上空,迎风飘扬的国旗永远鲜艳,因有烈士的鲜血和英魂在。

罗浮山,何仙姑来过,葛洪来过,苏东坡来过,东纵战士来过,六大元帅来过。后来,他们又轻轻地走了,不带去一片云彩。

其实,他们并没有走远。罗浮之上,丽日蓝天下,风云变幻,薪火相传的民族气质和不屈英魂,正化作春天满坡怒放、姹紫嫣红的烂漫山花。

杨村送春联

春节前夕,熏风轻拂,暖阳高照,我们跟随市委老干部局和市老年大学的领导,走进了局挂钩联系点杨村镇陈村,为村民送春联,让新年的祝福和党的温暖,伴随缕缕墨香,飞进十里山乡。

在新建的村公共服务站旁,在竹林树荫下,我们铺开红纸,沿着春节的方向笔走龙蛇,在红色的地野上龙飞凤舞。"春到山乡六畜兴旺,喜临农家五谷丰登",描绘出瓜果满园牛羊欢的一幅丰收图;"人寿年丰家家乐,国泰民安处处春",勾勒出农家人张张幸福甜美笑脸;"政策入心化春雨,汗滴落地夺丰年",写出了农民对党富民政策的衷心感激,也表现出农民大哥"撸起袖子加油干"的冲天干劲。

用鲜艳的中国红,写方正的中国字,过甜甜的中国年,圆美美的中国梦。在希望的田野上,进行我们这一代人的新长征。

一阵微风从竹叶间吹出,掀开了春联的一角,牵动着驻村干部的爱民心,翻动着村民们的好心情,昭示着来年的好收成。

春天的心事一天天苏醒,春节在不远处点燃了鞭炮。喜庆的乡村,正走向新年。

观音阁糖厂

腊月的风又冷又硬,毫无商量地将我们吹到观音阁糖厂。

淳朴实在的大门,憨直敦厚的建筑,与豪华相去甚远;既没有特殊的设备,更没有一流的专家,与现代化似不沾边。但从这里生产的"中国黑糖",帅气地走出国门,在亚洲独自称雄,国内更没对手。四十多米高的大烟囱,似一支如椽巨笔,日夜在书写这间厂的历史传奇。

厂长和工人，大都是土生土长的本地人，有的几代人奉献给了这间厂，父亲为这间厂倾注了毕生精力，儿子又接力来到工厂。偏安东江一隅的老厂，有着不可抗拒的魅力。

当初，国内同行对他们不屑一顾，外国商人更是吹毛求疵。但他们就在百般挑剔中走向成熟。瑕疵，是补齐成功的短板；难题，是下一次革新的开端。有些设备根本买不到，只能靠自己制造；有些技术根本查不到，只能靠自己创造；有些数据根本没法检测，只能靠眼观手摸耳闻鼻嗅体感；有些经验根本无法言传，只能靠个人积累。这里的一切，连专家也难以捉摸，外国人更是惊叹不已。

看似没有任何奥秘，其实，这里到处充满技术密码。

他们的成功砝码，写满了中国人的勤劳和智慧。

（原载于2017年2月26日《惠州日报》）

秋醉园洲

那年秋天，博罗园洲泊头渡口，一个精彩的故事，就在绿苔斑驳的红砖缝隙间，晕开了第一滴墨。

渡口虽然没有我想象的那么峻峭伟岸，码头也没有我预想的那么亮丽繁华，可以说过于草率简单，只有数十块红砖组成的台阶，逐级伸入并不宽阔的河流中。且从此去罗浮山也不近，尚有十五公里。

但是，你怎么就如此幸运，承载着一代词人寓惠初地的重任了呢？就像一抹秋风，将千缕韵致洒在了泊头，让园洲从此风情万种。

绍圣元年九月二十六日，泊头镇义合村的天空中似乎比往日多了几朵祥云，秋风比往日也添了几许温柔。酒肆云集的喧嚣长街，板桥曲折间薄雾缭绕，都在等待一个人的出现。刚从湖北黄州东坡上走下来的苏轼先生，千里迢迢风尘仆仆，终于进入了泊头。扁舟靠岸处，先生的双脚轻轻点地，瞬间撩开了无边秋色，醉了九百多个冬夏。

那天你的到来，也许是下午，也许是傍晚，总之你一行来了。还有红颜知己朝云和儿子苏过，你在泊头住了一宿。那一夜，星月无痕，你也无语。你没有心事如蝶，更没有九曲流觞，只有轻风入窗，梦呓缥缈。我真的很想知道，那一晚你住在哪个地方，哪一家客栈？

从你的诗文中可以看出,你带着一身疲惫,你带着一身痛楚,还有淡淡的忧伤,难以叙说的惆怅,远离帝都的酸涩。你满腹诗书,也有着满肚的不合时宜,"天南看取东坡叟,可是平生废读书"。即使你没有忧吹残笛、哀唱骊歌,但我还是看出,你不是十分快乐。

翌日清晨,你们一行离开了义合,从此没有回头。肩舆十五里,直上罗浮山。先生登山入洞,游历寺观,观稚川丹灶,望麻姑峰,兴趣盎然得乐不思蜀。看着未游历的明福宫、石楼、黄龙洞,意犹未尽的你,期待明年三月复来。

但你没再来,一直没来。

九百年过去,你也没来。

你不会知道,你的寓惠之旅,舣舟泊头,只是个前奏。寓惠的587首诗词歌赋,《题罗浮》成了开篇之作。你不会知道,一个"岭南万户皆春色"的惠州,还有"吏民惊怪坐何事,父老相携迎此翁"善良宽容的惠州百姓,在等待你吟出"枝上柳绵吹又少""一亭孤月赏梅花"的绝妙歌唱。你不会想到,你在惠州写下的诗词歌赋,每一个诗章,都妖娆地盛开,熠熠光芒盖过了大宋的月光。

你的"一更山吐月,玉塔卧微澜"壮丽诗句,就千百年镌刻在风光旖旎的西湖。还有"日啖荔枝三百颗,不辞长作岭南人",成为南国荔枝和岭南代言人最好的广告词。你醉卧西湖,哪管酒醒何处?你在惠州的大街小巷及茶楼酒肆,都留下历久弥香的苏韵气息。你不曾料到,你爱入骨髓的朝云,会永远留在孤山。你更不会知道,后人会发出"一自坡公谪南海,天下不敢小惠州"的举世惊叹。

当年,你只是不经意间踏上了泊头,这在当时,泊头已是一个七千多人的闹市。你更没想到,九百年后,这里发生的天翻地覆巨大变化。在这块厚重文化底蕴的红色土地上,稻菽千重浪的五谷丰登，全国千强镇的富庶幸福。园洲人民，永远感恩你踏足泊头带来的无限福祉。九百年来，他们千百次地询问南来北往的人：东坡先生还会来吗？

2018年的秋天，我们一行也来到了园洲。如今我站在园洲的街头文化长廊，融入南国的月色中，向北凝望，月光冷峻恢宏，马路上灯影掩映，河风徐徐吹过，吹尽千年尘缘。散落的苏韵，洒满了大街，清风朗月处，夜幕正缓缓拉开……

花已谢，心已醉；月已圆，人未归。

我的视线穿越历史时空，在北宋的背影里独自徘徊。面对宁静的秋夜，我没把酒问青天：明月几时有？只是祈愿在万里晴空的皓月下，与东坡先生"但愿人长久，千里共婵娟"。

（原载于《东江文学》2018年第10期）

独坐于异乡月色

端砚上的岁月

一

没人知道你的生日，也没人记得你当初的模样，你本来是记录历史的重要工具，却没人记下你的前世今生。

但，你从没有冷寂落寞，更没有被历史轻易打发。

自从你走进人类的书房，粤西大地一隅西江边的斧柯山从此叮叮当当。那千年不息的锤声，为中国书法倾注了耀眼的辉煌。从当初匠人用作储墨的"石砚"，到进京应试梁举人的"呵气成墨"，开始了端砚的最初走向。你的名气，就从最原始最浅陋的那泓墨池轻轻溢出，然后被历史大潮高高溅起。

唐人李贺一句"端州石工巧如神，踏天磨刀割紫云"，从而撕开你神秘的面纱，走在跨越千年的风景里，做着展翅的浪漫飞行。

在坚硬的石头上雕凿出来的万种风情，不绝如缕。

砚台边，从此响起千年不息的歌声。

二

当我在 2010 年 8 月 14 日走进"端砚之乡"白石村，宁静的沿湖那排房檐前，一双双年轻灵巧的手，在晌午的阳光下，点石成金，雕塑神奇，破蛹成蝶。一块平凡的石头，从丑陋粗糙脱俗成高雅精美，路程并不遥远。

一片石皮，成为一叶残荷或数间草房；一圈石眼，成为一轮明月或几汪清泉；一块残石，成为一只鸣蝉或数个苞米。在他们的锤敲刀削下，每块石头都出落得风艳妖娆，媚眼风流，似三月桃花。

在北岭腹部，在西江之下，你沉睡，你宁静，你等待。沉睡了千年万年，被匠人的锤声渐次唤醒。于是，你从地层深处出发，走出"深闺"，经过一番精心打扮，或清雅不俗，或清秀不糙，或清逸不浊，或清爽不繁，以你的卓尔不群名列"四大名砚"之首，率领"文房四宝"，风姿绰约地走入书香四溢的艺术殿堂，在中华文化文明史的千年历程中，步伐豪迈。

你分不清，那是一条离家的路，还是回家的道。

三

我举起一方端砚仔细端详，它的正面，雍容华贵，精美得令人心颤；翻过去，是注满千年沧桑蹉跎岁月的背影。

在那背影深处，站立着无数的匠人，没有人知道匠人的艰辛，古往今来，端砚的赞歌铺天盖地，汗牛充栋，但有谁看见匠人的坎坷艰辛和满池泪花？在北岭山下的老坑采石场，苏东坡先生写下的《端砚铭》令人难以忘怀："千夫挽绠，百夫运斤，篝火下缒，以击斯珍。"寥寥数语，注满辛酸。

古往今来，多少耕砚匠人为之极尽鬼斧神工，任何精美都在他们的手中孕育诞生，一切赞叹都在他们的意料之中。

粗糙的大手，轻轻推开通往华彩之门；如豆的油灯，穿过长长的黑隧道，照亮了艺术之路。满山的奇迹，在他们的牵引之下，隋唐史依次展开，穿越千年时空，一路走来。

是他们，用最简陋的工具，把端砚推向艺术的极致，铸造出人类的艺术瑰宝，让文人墨客留下多少诗词隽语，华章万千。

当赞歌动地而来，匠人则悄然转身，轻轻离去……

四

江心掷砚，让一代名臣清名远扬。

那是一个云淡风轻的艳阳天，包拯在端州三年职满，离任赴京，千山万水在为他送行。羚羊峡瞬间的电闪雷鸣惊涛骇浪把他惊醒，难道还有什么瑕疵惹起天怒？他犀利的目光扫过每一个人，书童只好实话相告，曾经收下一方端砚，包拯一把将砚抛向江心。

西江顿时风平浪静，重现碧水蓝天。

轻舟似箭，越过万重关山。

在升起的江心小岛，包拯的英名同时在百姓心中升起。

一石激起千重浪，涟漪一圈一圈，直至今天。

微风细雨中，在蕉肥葛绿的砚洲岛，我在寻找包拯的足迹，在聆听那震天的一声怒吼。

不知那奋力一掷，古往今来能惊醒多少梦中人？

五

在白石村，在阅江楼，在鼎湖山，我看到成群的端砚，不分先后抵达，排列成雅致的方队，金碧辉煌得晃眼，让我在墨池里找不到上岸的方向。

大师的巧手，让人叹为观止。鱼脑冻化作了洁白的云朵和千层白浪，天然黄龙纹巧雕成苍劲的松树古干，冰纹冰变成了天然的蜘蛛网，金线银线化成横空闪电或漫天细雨，石眼幻化为高天明月或晶亮的眸子。

横笛牛背的牧童，拽走西沉的夕阳，将笛声响彻了山岗。清风轻送的荷池，吹瘦了半轮月亮，将夜色笼罩了寒窗。

疏影横斜，暗香袅袅。意态纷繁，仪表万端。

《江山秀》构思精巧，端石中间的粗石，成为坚实的石坝，两处滋润细腻的天青冻，成为上下两湖的双砚堂，天然石皮成长江三峡。那石似专为那景所生，那景又似专为那石所注，疑前世定缘。

《三顾茅庐》堪称一绝，褐色的石皮成为远处的山岚茅舍和带霜树丛，茅舍中孔明在临窗读书，山道远处走来了刘关张三杰，秋风萧萧，马蹄声声。三国鼎立，就在此时，端倪在茅庐初显。

万千风情，在艺术大师的魔手下，你脱去层层外衣，裸露出最震撼人心的美丽天体。

六

端砚，与星湖相媲美。注定与肇庆的名字捆绑在一起，走向世界。

从来不乏才思与情怀的肇庆人，把如画岁月镌刻在方寸之上。在趋于丰收的季节，打扮着田野的希望。

如今，耕砚人薪火相传，紫云再起，正雕凿出一代砚乡。

历史的大潮，大浪淘沙，让砚乡经受磨砺，益发锃亮。那场起于大唐的风，正呼啸涌动在鲜花盛开的西江两岸。

当我怀抱一方端砚从西江回到东江之畔的家，我感到无上的畅怀和无尽的惬意，我希冀腾驾着这片气韵不凡的紫云，让我稚拙的书法从此笔走龙蛇，龙飞凤舞，书写自己喜欢的横竖撇捺。

月光如水，静静地照在我的书房，在微笑的月色下，我仿佛看到墨池里，大漠深处，驼队正越走越远，走向天边；聆听砚台边清风皓月下琼楼玉宇边，对酒当歌的绵绵夜话，正悄悄传来……

（原载于2023年5月12日《菲律宾商报》"中国作家作品选粹"专栏。2023年9月16日发表于《西江日报》"西江月"副刊）

丽江月夜

明丽皎洁的月亮刚在四方街露出半张脸,丽江就醒了。

巍峨晶莹的玉龙雪山,如晚妆的新娘,披一袭缥缈的轻纱,亭亭玉立,楚楚动人,美得令人惊艳,矜持地注视着足下这片富饶、神奇而宁静的土地,与月亮遥遥相坐于丽江大地尽头的两端。

微风吹过来阵阵咿咿呀呀之声,四方街口两架高大古老的水车,在玉龙雪山的冰雪融水推动下,悠然自得地缓缓转动,如两张巨大的唱碟,在日夜歌唱和倾诉纳西人对滇西北高原这片土地的眷恋和热爱之情。

乘着朦胧的月色,如行走在梦幻般的仙境,两岸店肆如林,四周游人如鲫,我们一行旁若无人地将四方街的青石板路踩得噼啪作响。

同伴们发现古城静静的小河里有不少游动的鱼,似老鹰一样飞扑下河,争相捕捉,把水中的月亮搅得碎银万片,也把笑声洒了一河。

夜幕下有乐声从街头尽处传来,飞扬的音符撞落在我们的身前身后,如磁铁般吸引着我们往前的脚步。在古老的旧戏场里,我们欣赏到了被誉为音乐活化石的纳西族东巴歌舞;在现代气派的丽江大剧院,我们观赏到了汇聚云南各族歌舞精华的"丽水金沙"。在被称为"世界民族文化艺术璀璨的奇葩"音乐旋律中,我们如痴如醉,乐不思蜀。丽江,不但俏丽美艳,而且能歌善舞。

月上中天，月华如水。看完演出，余兴未尽的我们，乘着夜色沿河去寻觅酒肆宵夜，小河边柳树依依，流水潺潺，音乐声和欢笑声此起彼伏。一河两岸，餐厅茶馆，栈桥角楼，绿树红墙，处处"小桥流水人家"。用东巴文字题写的店名和对联令人既感兴趣又觉神秘；身穿纳西族服装的服务员，她们脸上的"高原红"和真诚的笑容，表现出纳西人民的热情好客。轻柔舒缓的云南民族音乐，在挂满红灯笼的绿柳絮间悄然飘下，犹如来自遥远的天堂的天籁之声，分不清自己是在天上还是在人间。刚端起酒杯，旁边的茶馆里飞出了一阵热闹的歌声，那是一群游客在兴高采烈拉歌，声音高亢激扬，一浪盖过一浪，配以筷子敲碗的击打声和吆喝声，引得路人驻足喝彩。我们也加入了拉歌的行列，沉浸在快乐的旋涡中……

月已西斜，悬挂高空，夜深了。我们依依不舍踏着古街归去。沿河的酒吧台边，坐着一拨拨的游客，他们在喝酒、唱歌、品茶、打扑克，或群聚或独坐，或高声或低语，或热闹或宁静，在品读、享受着难忘的丽江月夜。街角灯火阑珊处，一个满脸络腮胡子的老外，孤身只影边走边唱弹起了吉他，歌声在两岸店铺间回荡。音乐没有国界，我们合着他的音符节拍，边拍巴掌，边向前走。漫步古城，我们不禁心中在问："不知天上宫阙，今夕是何年？"

丽江月夜，以独特的魅力让我们陶醉在异乡，深深嵌印在我们的脑海中，挥之不去。

（原载于2005年5月8日《惠州日报》）

川岛，写满美丽

上下川岛，姊妹争艳

很久很久以前，我想你应该是一个完整的大岛。记不清在哪一天，不知为何你分成了两个美丽的姊妹岛。上下川岛，这是否就是当年留下的青春裂痕？

当踏上川岛，洁白的沙滩，成排的椰树，掠飞的鸥群，还有多彩的贝壳，都盛装在大海和天空那片蔚蓝色的相框里。你如画如诗，我如痴如醉。

你的美名耳朵早已听出老茧，但一直没能眼看为实。放不下你那诗一样名字的诱惑，2010年11月29日，我们从祖国四面八方跋涉而来。

我们都有一支惯于歌唱的笔。我们惊艳于你的旖旎，于是，赞美的歌奔涌而来。

惊天动地。

渔村，有面五星红旗

川岛渔村，是一幅线条简朴的民俗风情画。

登上码头，转过山坳，我就与你邂逅，远处的村舍，懒散在山脚，房顶上的每条瓦沟，储满海风。

庄稼地里，稻谷刚刚收去，只剩下金黄色的禾头，与午后的秋风在交头接耳窃窃私语。

山顶上，巨大的风力发电机叶片，正张开川岛人腾飞的翅膀。

悠闲的老水牛，在山坡上晒太阳，反刍着今秋那场繁忙的农事。那头年轻的小水牛，则在黄泥地上打滚、搔痒、撒野，在庆祝自己的"黄金长假"。

蜿蜒的小溪边，在绿油油的菜地里，腰板硬朗的老阿婆，正舀起一瓢秋天的心事，洒成一道美丽的夕阳红。

孩子们骑着自行车踏上田埂，前方，有一面鲜艳的五星红旗，在大海和蓝天里飘扬。

红旗下琅琅的读书声，动地而来，响彻川岛。

教堂外，涛声不息

来到圣·方济各·沙勿略教堂，我们放慢了脚步，生怕惊动了圣·方济各·沙勿略的灵魂。当年的理想，就这样梦断这座山坡。四百五十八年，你面向大海，听潮起潮落，看日落日出。

苦路十四处，我们并不费力地爬上，但现实生活，却并非如此，人生处处充满坎坷、磨难、荆棘，每前进一步，都要那么费尽周折。

神奇的圣井，储满岁月的悲喜。与咸腥的大海近在咫尺，你却清澈甘甜得不可思议。喝上一口泉水，我们是否就福禧上身？沾几滴抹上头发，我们能否就鸿运当头？我在海岸边，拾起一块小小的礁石，状如川岛。

在教堂的围墙边，我看到了一朵盛开的木槿花，还有睡在围墙之上的小花猫，是教堂留给我的另一印象。

分手,在海上日出

清晨,涛声在窗外把我叫醒,推开窗,东方的云霞与我打了个照面,那酡红色透着神秘的笑靥,把我引诱到了大海边。

一缕海风,占据了发际,不愿离去。海浪,一次次吻向沙滩,是大海与大地的快乐擦动。千年万年,经久不息。

远方,太阳穿过薄薄的云层,慢慢地显现出一丝金光,把大海涂抹得金碧辉煌。我们张开臂膀,太阳,就在我的指尖升起。

朋友们,来,站在一起,合一张影,在旭晖里留下金色的记忆。明知道即将分手,却不甘就此离去。远方有人高喊,快走啊!赶忙拾几个贝壳,将海岛的美丽带回远方的家。

身后,海浪追逐而来……

(2010年11月30日写于上川岛)

东涌,永远行走在春风里

一

八百年前,你就醒了。

你打个呵欠,伸个懒腰,睁开惺忪的双眼,环视四周,汪洋一片。双手可触摸之处,到处洪荒野草。

你的子民,似乎有着不一样的意志和坚韧,他们举起泥钊,挥起锄头,赤脚走过每一段沙丘,唤醒每一片沉睡的沙滩……

他们乘着疍家艇而来,用满是老茧和血泡的双手,在这里撒网捕鱼,耕云播雨,创立家园,写就立体的词章。每一座房舍和每一寸土地,是他们反复推敲和琢磨的字句。

他们将滴滴苦涩的汗水,随风起落,抛向了每条河涌,每朵浪花。如画家精心涂抹的每笔颜料,赤橙黄绿,青蓝紫白。

一时间,人如海,歌如潮,景如画。

没有人计算,送走了多少个夕阳,迎来了多少个新月,每一个春夏秋冬,每一个晨钟暮鼓,都那么堪称经典,那么刻骨铭心,那么超逸俊拔。

他们摇起船橹,在险风恶浪间,一次又一次向浩瀚的大海出发。方向是那么的明确,意志是如此的坚定。

风一样的日子,从指缝间飘忽而过。一代又一代人的汗水堆积,一代又一代人的手手相传,让疍家艇逐渐靠岸。

一个改天换地后的东涌，在勤劳的东涌人手中，媲美江南水乡脱颖而出。

一个朝霞满天的黎明，不期而至。历史沉积和百年雕凿而成的岭南水乡，如花盛开，惊艳在大湾区的世界里。

二

春天，我们走进东涌，走进田间地头、镇容村貌，慢慢品味水乡的每个细节。

"吉祥围民俗文化广场"，独具一格的角楼和颇有气派的"合力东涌"镇标，锣鼓、香蕉、船艇，这些合力的水乡元素，昭示着东涌人的团结奋斗精神。

"水乡风情街"的麻石路与青砖黛瓦的仿古建筑连成一体，让我们看到东涌的古典和现代。此时的我们，正沉浸在濠涌的风情里。

"湿地公园"的蓝花鸢尾草在湖岸悄悄开放。而湖里的荷花和在水中轻拨红掌的几只白鸭，组成了一幅乡村水墨画，鸭子知道春江水暖，岸边的人们更懂得取景拍摄。

"瓜棚绿道"写满瓜果飘香，头顶垂下的葫芦瓜和随风摇曳的珠帘藤，东涌人将美丽的乡村，装裱成立体的图画，让男女老幼载着微笑和幸福，绽放在三月的春风里。

而大稳村呢，停在埗头水道上的疍家艇，带我们行走在花红树绿、翠鸟齐鸣的河涌里，兴起的清波如唐诗宋词平仄有序的韵律。头戴渔家斗笠摇船的大嫂，即兴演唱的一曲曲咸水歌顺口溜出，呢喃在每个屋檐下和每条河涌里。那是东涌人再熟悉不过的乡音，每字每句都述说着东涌人的过往和今天。

放眼田畴，长满了青绿的芹菜、白菜、生菜，以及水稻、香蕉、甘蔗，这是养育我们成长的一日三餐，生活的甜酸苦辣，打磨着东涌人的体质和意志。

三

如今的东涌，只有小桥流水人家，没有古道西风瘦马，更没有人断肠在天涯。

水乡就是水做的，清澈、透亮、清凉，就算是街道，如水洗般干净，所以才会有"全国卫生镇"这样震撼人心的称号。

暮色中，我从骝岗河里舀起一滴水，和一丝遐想揣入怀中，恋恋不舍地与西天上最后一片晚霞告别，踏上归途。

入夜，将那滴水轻轻放进我的梦里。

于是，我拥有了一个蔚蓝色的梦，与吉祥围融为一体。

我似乎看见，一个采菊东篱下的东涌，在八百年时光里摇啊摇，正摇向璀璨绚丽的大湾区的宏伟发展蓝图中。

（原载于 2023 年 10 月 21 日《散文诗人》，荣获广东散文诗学会、广州市南沙区作家协会联办的东涌镇第九届"湾区之心·醉美水乡"全国征文比赛二等奖）

辰溪夜话

2012年12月12日，这是个特殊的日子，这不仅是因为三个"12"的巧妙相连组合，而是湘西剿匪胜利60年的难忘日子，更因为"中国·辰溪首届新钢笔画艺术节"在这一天拉开序幕。

自从接到组委会征稿的通知，我们都在寻找湘西这片神奇的土地。处于中国版图西南角的寂静之处，藏匿得很深很深。尽管她的名字毫不起眼，却是中华龙文化发祥地、善卷归隐地、二酉藏书处、屈原涉江拜登处。有全国历史文化名村五宝田村，省级历史文化名村龚家湾。辰溪不但有被列为国家级非物质文化遗产的"辰河高腔"、"茶山号子"，还有"辰溪丝弦"、"辰溪渔鼓"等民俗风情，文化底蕴深厚。

当然，还有新中国成立前后那场著名的"湘西剿匪"。

当我们从天南地北踏入辰溪，我们就走进了岁月深处，走进了六十年前那场硝烟弥漫的战事。

在"胜利公园"长长的剿匪烈士英名录上，我们读到了当年战士们用生命和鲜血谱写的英雄史诗；英雄纪念碑高耸入云，烈士的英魂气冲霄汉；在"湘西剿匪陈列馆"里，那支锈迹斑斑的军号，似乎仍在吹响进攻的号角；红旗、军号、战士，永远屹立在英雄的土地上。

走上椅子山北园，俯瞰辰溪县城，新中国温暖的阳光照耀着每条街道、每个窗户，车水马龙人流如鲫一片繁华；沅水河畔，春来两岸桃红柳绿，处处风景如画。在向世人宣示：沧海桑田斗转星移，昔日曾经百年匪患肆虐的多难之地，今天已是人民安居乐业的和谐家园。

12日上午，我们走进"纪念湘西剿匪胜利60周年大会"会场。似乎苍天有眼，从清晨一直下个不停的毛毛雨骤然停歇，天空放晴。辰阳楼下汇聚起万顷红色浪涛，人如海，歌如潮。满山遍野的人海和那一张张笑脸，写满吉祥和幸福。"放歌红土地·唱响辰溪"的大型文艺演出，让当年的老将军热泪盈眶，勾起了早已逝去的岁月回忆，已经淡却的战争烽火，重又在眼前熊熊燃起。

下午的"中国·辰溪首届新钢笔画艺术节"在雄伟的辰阳楼上举行，全国的钢笔画家和当地的艺术家、企业家、普通百姓一道，共享艺术盛宴。我们的艺术家们用手中的钢笔，重现那场战争，记述那段感情，描绘美丽河山，用我们的作品向辰溪人民汇报。艺术家们向辰溪人民赠送作品，表达对这片土地的敬意。拍卖会上，锤声落下，艺术的钢笔画走入了市场，走入了辰溪，走入了寻常百姓家。

在辰溪富豪酒家，我们36位钢笔画家欢聚一堂。"正是江南好景色，落花时节又逢君。"一声声问候，一句句寒暄，倾注浓缩着万千感情。李渝基主席热情如火，凝聚起干事创业的正能量，在北风呼啸的寒冬里如缕缕春风，温暖着我们每个人的心；杨仁敏教授的语重心长，罗克中教授的一针见血，张军朝副主席的儒雅点评，为我们的钢笔画事业导航。大家你一言我一语，谈体会，提建议，发感想，更多的在思考，让我们感受到中国钢笔画的明天充满着无限希冀。

夜深了，我们又来到各个房间，串门聊天，交流心得，语犹未尽。

13日，短暂的相会又要散去，各奔东西，有的奔向张家界，有的奔向长沙,有的奔向凤凰古城,"数声风笛离亭晚,君向潇湘我向秦"。在宾馆门口,在毛毛细雨中,我们一一道别,相约在来年……

(原载于2013年第1期《中国新钢笔画》)

寒灯下的阅读记忆

寻找风景

也许是喜欢丹青，对风景便情有独钟。临窗夜读，总爱在唐诗宋词间寻寻觅觅。

在浩如烟海的古诗词中，一幅幅图画纷呈叠印，令人目不暇接：苏轼的"野桃含笑竹篱短，溪柳自摇沙水清"是一幅重彩工笔画；王禹偁的"棠梨叶落胭脂色，荞麦花开白雪香"似一页水彩画，雷震的"牧童归去横牛背，短笛无腔信口吹"如一帧泼墨写意画。这些诗词或着眼秋暝，或取景晨曦，或篷窗窥探晓星，林中夜枕秋月，乃至牧童横笛于牛背，村姑采蘋于湖畔，风物多彩，曲尽其妙。

但不知何故，我总对王维的风景诗另眼相看，也许他长于绘画，他的诗总充满画意。"大漠孤烟直，长河落日圆。"画面开阔，意境雄奇，大漠、孤烟、长河、落日，构成了奇特的塞外风光。"荒城临古渡，落日满秋山。" 荒城、古渡、落日、秋山四种景物，形成了一幅具有时间、地点特征而又色彩鲜明的图画。而他的《田园乐》其六，更是绘形绘色，诗中有画："桃红复含宿雨，柳绿更带朝烟。花落家童未扫，莺啼山客犹眠。"先从大处构图，然后从小处设色，继而细节描画。"红""绿"两字一出，景物瞬间鲜明。着色之后，再行渲染：桃花略带雨滴，碧柳深笼轻烟，然满地落红，家童未扫，别有一番情趣。远处莺啼声声，山人犹自酣睡，自成一幅有静有动、有声有色的主体画图。

不单古人，今人也有勾画风景的高手，茅盾的《风景谈》小时读过，至今依然难忘：远山如黛，晚风摇曳，三五月明之夜，天蓝得几近透明，月亮离山顶不过数尺，山顶小树挺立，宛如人的怒发。"这时候，突然从山脊上长出两支牛角来，随即牛的全身也出现，掮着犁的人形也出现，并不多，只有三两个……"他们姗姗而下，在蓝天、黑山、银月背景上，成就一幅剪影。这图画够美的了，但茅盾再给配上"画外音"："晚归的种地人还把他们粗朴的短歌，用愉快的旋律，从山顶上飘下来，直到他们没入山坳。依旧只有蓝天明月黑魆魆的山，歌声可是缭绕不散。"

郁达夫则精心描绘了一幅色彩鲜明笔法细腻的《江南的冬景》：秋收过后，河流边三五人家，门对长桥，窗临远阜。在这幅冬日山村图上，郁达夫施色泼墨："再洒上一层细得同粉也似的白雨，加上一层淡得几不成墨的背景。"作家给这幅"画"继而再加数笔：门前泊一只乌篷小船，茅屋里添几个喧哗酒客。"天垂暮了，还可以加一味红黄，在茅屋窗中画上一圈暗示着灯光的月晕。"郁达夫说，人到了这境界，自然会胸襟洒脱起来，忆起"暮雨潇潇江上村"的绝句。

这两位大师描述的纸上风景，一点儿不亚于画家笔下的风景，且更令人着迷，更令人陶醉。

当我在草长莺飞的三月之夜，徘徊踯躅于古诗名作中时，脑中常飘过故乡一处真实的风景：在离我家乡十多华里的地方，有个叫梅花村的小山庄，听名字也挺有诗意的吧。这小山村傍依在一道小河湾边，远远望去，在翠绿的青山下，是红白相间的桃林和梅林。在桃梅花丛深处，灰瓦白墙的村舍散落其间，淡蓝色的远山透迤叠向天边，最后与湛蓝色的天际浑然一体。在碧水、绿树、蓝天、桃红、梅白的艳丽缤纷色彩间，横陈着一座弯曲歪斜的小木桥，有如画家笔下随意的点缀。置身其间，似乎瞬间彻悟了李白的名句："桃花流水杳然去，别有天地非人间。"

我终于明白，从古到今，人类都在寻找心目中的风景。尽管我也会去畅游大自然的风景，但似乎更喜欢遨游于"云深不知处"的书海诗林间，去寻找更精彩、更婉丽、更迷人的"风景"。

（原载于1996年11月1日《中国艺术报》，2010年9月获中国散文学会"中国当代散文奖"）

指罅琴音

一架古筝，一把琵琶，一杆二胡。

琴弦间流淌出江南春色北国风光，指罅中飘拂出天光水色柳絮千条；一会儿如松风轻啸，一会儿似怒涛拍岸；像巴山夜雨，犹礼佛清馨，时清晰时模糊，似真切似迷幻，忽远忽近，若有若无……

《十五的月亮》、《月朦胧，鸟朦胧》，随那琴声时断时续。那月儿便时隐时现，又圆又缺；一曲汉乐《出水莲》、《蕉窗夜雨》，展现出亭台水榭，蕉莲吐翠，夜色中春雨润物细无声，《其实你不懂我的心》，哀怨委婉，如泣如诉，一腔心思对谁说？

出生在广东梅县弹古筝的蓝先生，是中国北京古筝研究会会员，现在某市实验剧团担任古筝演奏员。一把古筝，记载着他不平凡的人生历史，演奏着别人创作的五线谱，也为自己演奏出艺术人生乐章。有圆舞曲，也有咏叹调。那始终不停拨弄琴弦的指缝间，曾飘溢出多少岁月的叹息和命运的呐喊。然而那顿挫变幻的音符，却始终高扬着春天的主旋律。

"犹抱琵琶半遮面"的黄先生，从粤北山区不出名的小山村走出，却仍然带着九连出的清风山韵。从艺术学校毕业后抚弄过各种琴弦，却对琵琶情有独钟。他喜欢它能奔涌出《十面埋伏》中的千军万马，也喜欢它能腾跳出《浏阳河》里的淙淙涛声。他的青春在琴弦上滑过，他把才华注入了那四根细线，但他始终无怨无悔。他现在虽然已是一名机关职员，但工作闲暇时仍在探索琴艺。他感到自己的生命将永远响起琵琶声，愿用那八个音符排列组合出人生风采。

从十二岁起学拉二胡的张先生，一杆青竹，一张蛇皮，数根棕丝，组合成他最原始的乐器。清晨的小河边是他最广阔的排练舞台，那琴声随思绪缓缓飘出，随河水漂向远方。在夏夜的阁楼他关闭了门窗，继而在琴码间垫上筷子，忍住蚊虫的侵扰无声地练指法。"功夫不负有心人"，他如愿以偿成为市歌舞团专职二胡演奏员，并光彩地度过了八个春秋，他把自己的一生系于两根细细的琴弦上。

出自执着的艺术追求及对民族器乐不变的痴情，他们三人不谋而合走到了一起。他们无意于追逐红紫灼人的流行音乐，始终迷恋于数千年历史悠久的民族精华，愿为弘扬民族音乐献出绵薄之力。狗年春节刚过，便在西湖之滨的翠湖歌舞厅联袂演奏，成为该市第一家民乐歌舞厅。他们不图名利，不计报酬，只为了却一片小小的心愿。一曲终了，掌声四起，演奏完毕。曲终人不散，观众欲罢不能。

琴声悠悠，不绝如缕，逸出窗外，荡过西湖，飘向广袤无垠的鹅城大地……

（原载于1994年5月13日《惠州日报》）

墨池碎语

每当我踏着夜色走进书房，润开墨池，摊开书帖，总会碰上永和九年的那场醉。

这一醉，醉得有点儿久远，1600多年没让书法家们清醒过来。

暮春三月初三，42个墨客在山阴兰亭，在曲水流觞间，在茂林修竹下，饮酒赋诗，醉写兰亭，一场荡气回肠的临摹与刻拓运动，在方寸之间徐徐展开。潇洒俊逸的王羲之，挥毫泼墨，书写春秋。如龙跳天门，虎卧凤阙，不偏不倚而韵味悠然，不激不励而风规自远。

谁能想到，这一天，"天下第一行书"不经意间横空出世，中国书法的新坐标就此确立。

来得如此突然，地位如此稳固，流传如此悠远，让人始料不及。

由兰亭一路迤逦上溯，我们就走进了中国书法史的开篇。伏羲始画八卦，仓颉初造书契，殷商的甲骨文，刻于竹帛，镂于金石，文字逐渐面世。

充满智慧的祖先，发明了优雅的中国文字。那么方正，那么明晰，那么规整，让人不可思议。有的字一出生便定型，至今活了数千年，一点儿也没变化，没有繁简之分，没有古今之分，就像一张中国人的脸，历经千古，至今不变。

书法家们，在世界文化的大舞台上，将这些中国字捣鼓得龙飞凤舞，仪态万千。

秦篆、汉隶、晋行、唐楷，挥毫落纸如云烟。张旭癫，怀素醉，壮士拔山伸劲铁。每一个墨点，都力透纸背；每一道墨痕，都神采飞扬。

柳公权的遒丽，颜真卿的圆润，欧阳询的险峻，褚遂良的舒张，让书坛各呈风流，仪态万方。

颜体化瘦硬为丰腴，转弱柳为劲松，展现大唐帝国的繁盛雄风。

孙过庭，纤纤细巧乎如初月之出之东山，天涯落落乎如众星之列河汉。

米芾，八面出锋，笔势峥嵘；

苏轼，短长肥瘦，各有清逸；

黄庭坚，昂藏郁拔，体态瑰奇；

王铎，洒脱跌宕；

郑板桥，超迈雄奇。

一座座书法高峰，层峦叠嶂，让人感觉云深不知处。

点，如高峰之坠石；横，如千里之阵云；竖，如万秋之枯藤；撇，如利剑之截石；折，如劲松之倒岩；捺，如长空之皓月。

如此壮丽非凡，如此风采万千——

楷书，字正腔圆，秀逸遒丽，流畅深沉。

行书，行云流水，游丝牵引，风骨洒落。

篆书，布白均匀，对称平直，充满美感。

隶书，上承篆籀，气度典雅，俯仰有致。

草书，布白天然，飞花散雪，惊涛骇浪。

楷书是律诗，行书是绝句，草书是古风。

在少年的乡村，我开始摆开文房四宝。在鸟声啁啾的阁楼上，就着月色，牵着山风，提按顿挫，悬针垂露，我让墨色润含春雨，顾盼秋风；我让怪石奔秋涧，寒藤挂古松。

行到水穷处，坐看云起时。在咫尺之间，展千里之势。

我一路走来，似蜂蝶纷飞，挥春伴夏，一半是柔情，一半是豪迈，落笔如千钧雷至，收笔似风卷残云，在飘逸的刻意间，剑拔弩张；在舒张的间隙里，纵横捭阖。

我带着"文房四宝"，从乡村走进了城市，从青丝走成了华发，从淡墨走向了焦墨。

山一程，水一程，身向榆关那畔行；

风一更，雨一更，聒碎乡心梦不成。

夜深千盏灯已灭，一片孤城已无声。

一支狼毫，依然奔驰在广袤的原野，在黑白的空间里，埋藏下生命的密语，书写出岁月的风烟。

"水光潋滟晴方好，山色空蒙雨亦奇。"

蓦然回首，我在浩瀚的书法海洋里，横陈下晨钟暮鼓，疾驰于方寸天地，划过人生的春夏秋冬。

（2023年6月1日写于惠州西枝江畔云岭书屋）

夜读桃花诗

三月，艳阳天牵着我回到故乡。

三月，桃花独占风流的季节，美得让其他花无法占据舞台。

远远近近的篱笆边，山坡上，小溪旁，四面青山的万绿丛中，桃花那嫣红的花蕾和粉色的花瓣，灿若万片云霞，"桃之夭夭，灼灼其华"，花色分外艳丽，宛如胭脂轻染。在明媚的阳光下含笑绽放，迎风摇曳，荷锄布衣的农人，也踏着诗韵，走下田间。

桃花又是一年春，置身于柳绿桃红的三月，蓦然已觉，那婀娜多姿的春姑娘，已经起程。

入夜，一场春雨忽然而至，淅淅沥沥，纷纷扬扬，想那柔弱轻软的桃枝，在微风细雨中婀娜起舞，更有一番风韵。顿时，我记起王维"春来遍是桃花水，不辨仙源何处寻"的诗句，顺手拿起书斋的唐诗宋词，那吟诵桃花的诗句，便随摇曳的桃花，在眼前闪烁……

"茅屋水声里，面面桃花红。深杯独浅酌，花落盈杯中。"梁逸的《把酒桃花下》，为我们展示出一幅美丽的画面；山坡下的草屋里，泉声潺潺，四周桃树繁花盛开，嫣红一片。花荫下酒宴陈设，诗人对花畅饮，怡然自得。一阵微风吹过，一瓣桃花忽然飘落在酒杯上……此诗与陶渊明的"采菊东篱下，悠然见南山"有异曲同工之妙。读那诗句，如听泉声，如见桃红，如闻酒香，令人陶醉。

杜甫的《江畔独步寻花》更见高深："黄师塔前江水东，春光懒困倚微风。桃花一簇开无主，可爱深红爱浅红？"在融融春光里，诗人沿着江畔信步踏青，也许是诗人走得困顿劳累，靠在树下略作休憩；也许是诗人精心设计的欲扬先抑的抒情手法，使人失望之余眼前顿时明亮：在那春郊野外，一簇绚丽天姿的桃花突然映入眼帘，她亭亭玉立，独自开放，殷红得令人炫目，艳丽得让人心颤。诗人顿时被深红浅红、色彩烂漫的桃花图吸引住了，面对如斯美景不禁击节赞赏。此诗构思别开生面，词句清丽明快，一读便知高手。

崔护的桃花诗尤为脍炙人口，妇孺皆知。"去年今日此门中，人面桃花相映红。人面不知何处去，桃花依旧笑春风。"此诗据说还有一个美丽的故事，《唐诗纪事》称："护举进士不第，清明独游都城南，得村居，花木丛萃，叩门久，有女子自门隙问之。对曰：'寻春独行，酒渴求饮。'女子启关，以盂水至，独倚小桃柯伫立，而意属殊厚。崔辞起，送至门，如不胜情而入，后绝不复至。及来岁清明，径往寻之，门庭如故而户扃销矣。自题'去年今日此门中'之诗于其左扉。"

诗为我们描绘了一个绝美画面，且美了几千年。诗开头通过对往事的回忆，描绘了令人魂牵梦萦的迷人景色，也勾起了诗人的无限情思。诗人笔锋一转，桃花依旧在，人面却杳然。面对依然笑靥迎人的桃花却不见了伊人身影，诗人怅然若失，思绪万千。也只有春风中含笑的桃花，才给柔肠百结的诗人以些许安慰。诗虽晓畅平白，却情真意切。更因此诗的意境完美，清新脱俗。内容含蕴丰富，而广为传诵，流传至今。

在万紫千红的春天里细读五彩缤纷的桃花诗，我把自己也读成了一朵桃花。

(原载于1997年3月9日《韶关日报》)

四季读书图

"竹雨松风梧月,茶烟琴韵书声",总以为六件雅事聚于一室,人将变得儒雅斯文,独立世间而为君子。

也曾坐在靠窗的书房,让雨霁风月引入视野,在花韵竹影间吞云吐雾,品茗听曲读书。外形有了,却未成仙。因而疑惑,人生何时,一切都成了淡蓝色的朦胧?

人生易老,梦痕易褪,六件雅事,前五件皆随风消散,仅剩了末端的书声,一直萦绕于脑际,余音不绝。少时至今,唯有书梦不断,在主导我的一年四季。

阳春三月,姹紫嫣红,于绿油油草地深处,云霓晨风,万里晴空,偶有飞鸟点缀。侧卧于软绵绵草坪之上,四周一片空旷宁静,轻轻翻开书本,任春风掀动书页,似读不读之间,一分潇洒,万分优雅。

于夏夜浓荫树下,明月林壑,松涛微啸,流萤闪动。一片凉席,一部古书,一杯浓醴,孤月下独自斟酌,凉风中书声遍地,抖落一身红尘,走在千古悠远的时空走廊,任思绪纵情驰骋。

静室中置一盆秋菊,书房焚一炷清香。斋欲深,树欲疏,薜萝欲青垂,栏杆窗窦欲净澈一如秋水,榻上欲有云烟气,墨池笔床欲时泛花香。窗外秋叶如炽,残红一地,秋风怀中读书,万卷皆生欢喜。

雪野茫茫,寒风呼啸,远处雪线越来越淡,终在严冬的云烟中消隐，漫漫皆白，茅屋内孤灯独红。灯下苦读，呵口热气，琅琅然有声曲曲回环，震得雪花在树梢间纷纷飘落，化入一片银色世界。

窃以为，自己心目中的四季读书图潇洒惬意，殊不知古人更讲究读书环境，道是读史宜映雪，以莹玄鉴；读子宜伴月，以寄远神；读佛书宜对美人，以挽堕空。

读山海经、水经、小史，宜倚疏花瘦竹、冷石寒苔，以收无垠之游，而约缥缈之论。

读史列传，宜吹笙鼓琴以扬芳。

读奸佞论，宜击剑捉酒以消愤。

读骚宜空山悲号，可以惊蛰。

读赋宜纵水狂呼，可以旋风。

读诗词宜歌童按拍；读鬼神杂录宜烧烛破幽。

它则随境而殊，韵致不一。

生活是圆的，人却是方的榆木，方枘圆凿，总难以活得洒脱圆满。想那冷月映雪读史书，空山长啸诵离骚，轻歌狂舞吟辞赋，吹笙鼓琴看列传，恐是文人之浪漫书梦。

何曾见，现代人于灯红酒绿红尘滚滚中择时机于万一，倚竹对月摇头晃脑吟读诗书；或于鳞次栉比高楼之中窝蜷居室开卷夜读？

满目是耸立的高楼，将住宅挤成一小片，难得明月临空，何来读书之雅兴？车流人海，喇叭声声机声隆隆，何来读书之佳境读书之宁静？

更何况人生苦短，"八千里路云和月"，"光阴似箭催人老"，营营役役，为口奔波，"糟糠不饱者，不务粱肉；短褐不完者，不待文绣"，衣袂飘飘，踽踽而行，穷经皓首而仰天长啸，安能读书？

湖光山色，窗明几净，清静优雅，乃读书之最佳环境。如今已进入高速发展的信息时代，绝难仿效风雅古人闭门读书，我们不该因环境变迁事务繁杂而掩卷废读。

诗人李白一生漂泊云游四方，诗圣杜甫因战事纷乱颠沛流离，却不妨碍他们成为我国诗坛泰斗而光芒四射；近代风云人物曾国藩一生多事，但手不释卷。其弟写信言想入京读书。曾复曰："苟能发奋自立，则家塾亦可读书，旷野之地，热闹之场，负薪牧豕，皆可读书。"

南朝孙康尚有映雪读书的故事流传，晋代车胤有囊萤照读之典故，于今社会与南朝晋代相比已不可同日而语，我们再无须悬梁刺股，积雪囊萤。只要用心，读书不难。

难的是自身有无恒心，有无心境。"花月病怀看酒谱，云萝幽情寄茶经"，不妨随心境移易而展读不同书籍：宁静时神游学术文章，忧闷时品尝抒情小品；繁忙看副刊，闲适读名著；悠然诵诗，舒心品词。

生命不息，书梦不休，读书会使你的生命清明亮丽，至真至纯。积羽沉舟，积微成著，只要用心读书，你就可以拥有不一样的四季读书图！

（原载于 1996 年 10 月 18 日《惠州日报》）

纸上逐梦

我喜欢钢笔画,有必然也有偶然。

我总怀疑我家似有画画的什么遗传基因,外婆是绣花高手,我妈也喜爱绣花,家族中,凡与外婆有血缘关系者,有十多人喜弄丹青,有的毕业于美术院校,有的成为职业画家。我未曾进过艺术院校,也不曾拜师学艺,却从小喜欢涂鸦,是否那几条染色体在作怪?此为必然;偶然,是有次晨练画了幅风景写生,加以整理后发之于报端,有内行者告知:此为钢笔画。

墨色晕开,难以收拢,从此恋上了根根排线。曾叫惠州画院院长帮找中国钢笔画组织,杳无音信。2011年夏夜,偶然在电脑上敲出"中国钢笔画"5字,忽然就找到了"组织"——中国钢笔画联盟,如迷夜中窥见了北斗,并看到了数月后将在温州举行第5届钢笔画大赛的消息。时间仓促,无法从容。于是,选材、构思、拍照、写生、创作,按规定时间发出3幅作品参赛。数天后接到电话,其中一幅《老街古韵》入选。心中一阵窃喜:难道我的绘画水平已跻身全国水准了?

2011年9月2日,我独自一人来到温州,当我走下飞机,从此加入了长长的钢笔画大军,也开启了与国内无数钢笔画大家的交往史。

真可谓不登高山不知天之远,不涉大海不识水之阔。在温州,当我看到无数大师的原作,听着他们的高谈阔论,令我惊悚震撼,让我读懂了什么叫钢笔画。我请一位名师为我的画点评,他说你的瓦片不是这样画的,去看看人家怎么画的。我羞愧得无地自容,我来之前的一点儿自信被摔得粉碎。很感谢来自广西的黄旭林老师,我们有缘同一住房,他灯下举笔,教我绘树描草。更难忘,有幸聆听李渝基主席的当面教诲,诸多疑惑一一破解,如在茫野间拨开团团迷雾。

回到惠州,半年间没勇气拿起画笔。半夜醒来,重读过去的作品,陷入沉思。我的所谓遗传基因,原来是那么微不足道;我原有的绘画技巧,却是那么不值一提;我的那么一点儿自信,却是那么不堪一击!

"日困而还,月盈而匡。"半年沉寂之后,我终于从梦中醒来,在哪儿跌倒就在哪儿爬起,聚足胆气慢慢又拿起了画笔。虽没质的飞跃,却有新的感悟。

随后,我参加了纪念湘西剿匪胜利60周年新钢笔画展,参加了天津举行的第六届全国钢笔画展。漫漫长夜里纵然屡战屡败,无边月色下依然无怨无悔。

行走于钢笔画世界的数年间,我幡然醒悟,由于本人愚顽笨拙,纵使终生努力,也无法参透艺术真谛,画出行家认可的精品。我连在全国最高艺术殿堂的《当代钢笔画》刊物上发言亦略欠资格,我今天在这里战战兢兢哼上几声,依然底气不足。但对我而言,一切都不重要。"唯不争,故无尤。"我不奢求成为收获者,终生只愿做个耕耘人。"心体澄澈,常在明镜止水之中;意气平和,常在丽日光风之内。"寒暑排铺于纸上点线,昏晓驰骋于黑白之间,已经是一种境界。也许,这就是我埋藏于心底的钢笔画梦。

有此梦,已足矣!

(原载于2015年第3期《当代钢笔画》)

丰收的季节喜开镰

记者手记

跨入报社大门,记者的履历书就真实地铺开。

懈怠的太阳还在睡觉,照相机便潇洒地背上了肩。奔突的摩托飞出小巷,穿过几缕清晨温柔的风,去译读熟悉和陌生的面孔,采撷八方多彩的信息,在微风轻荡的飞鹅岭下,在微雨初霁的西湖一侧,在微澜涌动的东江之滨……

我们的身影,有时奔波在农人耕播的乡野,有时窝蜷于低矮窄小的工棚;有时聆听市长的市政大略,有时记下打工仔的倾心诉说。

风景,就留在了镜头里;喜讯,就收在了笔端上。

夜深人静,月落星沉,风景就在夜色中显影,喜讯就从笔尖间读出。小楼的灯光在读,迟落的启明星在读,早晨的太阳在读……

块块文章,那是我们耕耘的片片土地;行行文字,那是我们开垦的层层梯田。消息,是我们吹响的晨光短笛;通讯,是我们演奏的交响音乐;快讯短波,是我们组织的诗歌联唱;新闻照片,是我们绘就的每日画展。

黑色的钢笔和橙色的灯光,领我们爬过一页又一页稿纸,走过岁月的春天、夏天、秋天、冬天;用汗水和感觉绘出每幅新图,认真地署上自己的名字,嵌在报纸的第一版、第二版、第三版、第四版。

《周末特写》走进一个个动人的故事,《个体园地》是我们举办的劳动致富专业讲座,《金色年华》为您的青春燃烧起"冬天里的一把火",《文化走廊》带您在艳丽的花季"潇洒走一回"。

一腔只有开头没有结尾的爱,借笔杆托起早晨的太阳。不懂惆怅,不曾彷徨,任天地悠悠红尘滚滚潮起潮落,始终是风雨兼程,执迷不悟,痴情不改。

轻抚着张张报纸,呼吸着油墨清香,盘点着匆匆岁月,心底间陡升几分自信,艰辛中更有无尽的惬意——我们曾为读者们道出喜怒哀乐,悲欢离合!

当青春只剩下日记,风采只留在影集,也许我们会步出报社大门,走入另一片土地。不在乎"朝朝暮暮",只在乎"曾经拥有"。

即使我们走到"天涯海角",即使人生已"暮色苍茫",但"故乡白云"将永驻心灵的原野,弹落一身尘埃,心境只留秋空般的蔚蓝。

即使我们会温柔或傲拗,会清瘦或丰腴,会沉默或奋起,在这阳光灿烂春风劲吹柳絮飞舞的今天,我们会说,我们将带着热切的翘盼和回顾,带着彩色的遐想和沉思,带着笃诚的信念和梦幻,从昨天走来,向明天走去。

我们爱说,新闻事业将是我们永解不开的情结,将是我们永不变色的风景。那张张报纸,是我们写下的人生履历书,一张张铺向远方,铺向天边,铺向未来……

(原载于 1993 年 7 月 26 日《惠州日报》)

河源，我为您祈福

向晚时分，坐于《惠州日报》社编辑部一隅，却不时收到一份《河源报》，闻那油墨清香，陡感亲切怡然，拆而视之，河源政治大事、市政建设、家乡喜讯等尽收眼底。或可抵歌泣，或可慰可慕，或恬愉可念。则欣动手心，喜之于怀。掩卷遐思，仍难止息，一时间河源往事奔涌而来，尽收眼底，梦魂萦绕，夜不能寐。"一人看人渡，千山绕梦飞"，故欣然举笔，聊寄情思。

1979年我初宿河源城，信步街头，见商埠繁华，人流如云，信口谓之河源十年后定成为中等城市。不想十年后河源建市预言成真。更未承想自己竟成为首批建设者。

记得1988年元旦过后那个暖融融的冬夜，市委办公室最初组建的8人，于河源县委招待所欢聚一堂，市委杨华维秘书长、黄汝贤副秘书长、黄建中科长，华灯之下，红光满面，每人吃下一个鸡蛋，言之庆祝市委办"生日"，众皆欢呼雀跃，其情其景，至今难忘。

创业之初，百业待举，上下同心，夜以继日，伏案劳作，拼搏精神委实感人。逢有大事，秘书长亦一齐熬夜，无昏晓，同苦乐，众人顿觉劳之不疲，心头平添一把火。

当时市委、市政府领导与机关干部一起就餐于饭堂，同室操勺，亲密无间，谈笑风生，春风荡怀，令人羡念。

建市头年，干部乘车往返于市县之间，劳碌奔波，皆成单身一族。每当入夜，宿舍区一片喧闹，或玩扑克，或看电视，或侃大山，"户庭无杂尘，虚室有余闲"，那种安逸恬静之悠情，而如今仍否可觅？

最喜欢于傍晚的暮色中登上江畔茶山，看一幅图画在夕阳下徐徐展开。看远处山峦重叠，山色如黛，新丰江潋滟波光，江水如蓝。近处村落炊烟袅袅，农人晚归。更喜国际新楼崛起，鳞次栉比，道路纵横，车流不息，透出勃勃生机，机关干部陆续搬迁新居。初尝胜果，安居乐业。

三年前冬天一个霜披雾罩的清晨，我告别河源的领导、同事和朋友，沿东江顺流直下来到惠州。在繁忙的采访编辑工作中，始终关注着河源那片天空下的阴晴雨霭；读《南方日报》上的新闻消息，我寻觅着那方土地上的丰歉饱秕。新丰江大桥架通、电视塔建成、股票公司成立、京九铁路通车、《河源报》诞生，每得一讯，为之亢奋，河源在不卑不亢脚踏实地稳步前进。河源五县皆山区，"出身贫寒"，家底浅薄，每进一步，来之不易。建市六年，成绩斐然，上下有口皆碑，无须我辈评赞。

近欣闻河源市"两会"胜利召开，280万河源人民将在市委、市政府新班子领导下，昂首阔步，奋发向前，"大鹏一日同风起，扶摇直上九万里"，定创造出一个更加富裕更加丰腴更加辉煌的新河源！

河源，我衷心地为您祈福！

（原载于1994年5月30日《河源日报》）

河源诗笺（五章）

恐龙博物馆

两亿年前的那个狂风骤雨之夜，一场灭顶之灾的火山大爆发袭击了地球，让你们横空出世，称霸全球。

又是一场地球的大劫难，让无数物种日渐消亡，让你们这些庞然大物无以果腹度日如年，让你们伸长脖子仰天长啸。但是，再大声的怒号，也难以挽救你们灭绝于世的命运。没有谁给你们暗示最初的"蝴蝶效应"。独大，是傲世锐器，也是致命死穴。

你和你的伙伴们也曾疯狂地产下无数的蛋，希冀着有朝一日你的后代破壳而出再次统治地球。

但地球不相信眼泪，你们的希冀最终化为泡影。如今，那一堆堆永远无法孵化的蛋，是你们至死不渝难以释化的心结，也为人类留下一个个千古难解的谜团。

赵佗雕像

大秦的落日余晖，被远远甩在了身后。

飘飞的旌旗遮天蔽日，笼罩在万马奔腾的狼烟之中，你踏破万里关山风尘仆仆，马蹄带着东江的岗稔花香。你英姿勃发，立马斜阳，用犀利的目光打量一番，鞭梢一挥："就在这里！"

于是，一声巨吼，唤醒了数千年的混沌荒蛮之地。一个全新的南越王国，从此在你的剑尖诞生。

或许，你早在两千多年前就为一座城市的诞生埋下了伏笔。如今，你已站立成二十一世纪这座城市的名片。你轻轻抖动一下马背上的缰绳，就牵扯着这座年轻城市的兴盛。

望郎回

一个旷日持久的苦苦等待，耸立成一个美丽的传说。谁也无法抚平金凤姑娘那颗破碎滴血的心。你的凄美让我们潸然泪下，你的执着令我们惊悚震撼。

你一定记得龙津渡那次美丽的邂逅，也还记得那天清晨两情绻缱后的伤感离别。你恨，恨那欺男霸女的万利贵，将你们撕成两半天各一方。自此，在三月的梨树下，你眺望着山外的春天；在故乡的篱笆边，你痴心地翘盼白少郎的归来。一肩残月，两臂秋霜，千年传说。

每次驾车进入家乡的路，刚一看到你的身影，我平静的心就突然怦怦乱跳热血上涌，于是我轻抬右脚放松油门减缓车速，生怕打断你那绵长无尽的思念……

音乐喷泉

当夕阳被远山瞬间掠走，白天坐在江边打盹的霓虹灯，猛然睁开惺忪睡眼，愉快地打了个呵欠，双手向空中一伸，拉开了夜的帷幕。

此时此刻，你都会准时地翩翩起舞，美丽成一朵"夜来香"。

你把客家妹子快乐的心事，高高地抛起，在空中绽放成五彩缤纷。"亚洲第一高喷泉"，让外地游客看得心花怒放，叹为观止。"玉龙腾空""孔雀开屏""彩虹飞架"，你在这些漂亮词句的标点处，适时地变换舞姿，琢凿出各种动态的城市雕塑。

你飘逸的空中芭蕾和飞旋的白色裙裾，让我看到了这座新兴城市炫目绚丽的彩色封面。

你喜欢在城市的上空行走，把自己提升到极端。你说只有走极端才能创造奇迹。

唯有极端，方显美丽。

沿江路

二十多年前，你是新建市的第一条马路。

路边那棵古老的榕树下，一把椅子、一面镜子、一老头子，就组成了最简陋的理发摊。为忙碌的城市收拾乱发，修出体面。

夜晚，一下子又涌出了许多炒田螺档，把晚风呛得咝咝作响。有多少紧扣的十指，在这里萌发情愫，终成眷属。江边的蓝月亮，是真正的月老。

作为新建市的年轻公仆，我每天清晨骑着自行车奔向市政府的大门，飞转的车轮在追赶每一个初升的太阳，江风吹乱了头发，朝霞映红了白衬衫。身边的新丰江向东静静流去，那是我们的母亲河。江水清澈凉透心扉，涛声细细、轻轻，似母亲悄声的叨絮和叮咛。

当我今天重新踏上这条路，那理发摊早已荡然无存，只有那老榕树任凭世事沧桑还在一年年地绿，或深或浅地拽住岁月不放。花雨春风，斗转星移，往事轻得像一张叶片，风一吹就飘落草丛。

二十年前，我在这里工作了三年后沿江直下远离了你，但浸入骨髓里的客家山歌，永远唱响在人生的每道山梁。"哎呀哩"的那一声长长的呼叫，马上让我热血沸腾，重回故乡。

越过江岸，轻拨细浪，我深情地舀起一瓢东江水，铿锵而语：无论走到哪里，我永远都是河源人！

（原载于2010年7月21日《河源日报》，入选《2010年中国散文诗年选》）

后记

笛声吹醒山外月

往事如烟，依然记得那个月明星稀的夜晚。

高中毕业后回到乡下老家的那年秋天，荷锄归来的晚上，看窗外淡淡月色在寨背顶姗姗来迟，潺潺溪声从上屋尾篱笆墙透迤奔出。我在简陋书桌举笔瞬间，月影透过窗棂跳落书笺，溪声在笔端晕开涟漪，煤油灯不再昏暗，我思绪如泉一蹴而就，人生第一篇散文诗《老书记下乡》跃然纸上，不久刊登在《和平文艺》国庆专号上。

这场山村之夜的意外邂逅，犹如在夜风中吹响的清亮羌笛，不凭杨柳，无须春风，吹醒了山外新月，吹皱了青葱微澜。玉岭紫云飞，山月随人回，从此我的散文诗写作，开始了月色下的远行。

沿着笛声指引的方向，我来到千年古城惠州，不久被推选为惠州市散文诗学会的会长，接过蔡楚标老会长赋予的这副担子，颇感沉重。先后在汕尾、肇庆、上川岛参加了几次全国性笔会，走进了散文诗的旖旎世界，浸染氤氲在十里春风。在岁月的流年中，我的散文诗似烂漫山花，在《惠州日报》《南方日报》《人民日报》

次第盛开。

在肇庆笔会期间，有幸与全国散文诗学会副主席、《人民日报》"花地"副刊高级编辑刘虔老师同居一室，有了当面向刘老师讨教散文诗写作的良机，亦从此与刘老师结缘。之后，我邀请刘老师来到惠州，陪他去龙门、惠阳、惠城区采访。他工作勤奋，扎实低调，为人诚恳，身上永远放射着文化人的气质和光芒，是我最尊敬的老师。他为我的第二本作品集《岭外春声》所写序言，就是一篇散文诗佳作。

宓月老师是中外散文诗学会执行副会长兼秘书长，又是《散文诗世界》的主编。汕尾笔会上有幸相识，她年轻俊美的脸上永远带着温婉而诚挚的微笑。我第一次向《散文诗世界》投稿，她点评我的作品一针见血，指出的写作方向风清月白，让我惊醒在晓风残月的杨柳岸。当我诚惶诚恐请她为我的拙作作序，她沉思数日欣然应允，令我万分欣喜而受宠若惊。她的《一个没有边界的世界》，是对我的散文诗最中肯的评价和最准确的解读。

中外散文诗学会会长海梦先生，为人儒雅目光远大，对我国及世界的华文散文诗作出了不可磨灭的历史贡献，将我吸收为中外散文诗学会理事，就是他亲自打电话通知我的，并勉励我好好坚持写散文诗。广东省散文诗学会会长陈惠琼老师，每次笔会都给我预留名额，对我的作品认真审读，提出修改意见，好的散文诗还推荐到其他报刊发表。

万分庆幸我在散文诗创作的征程上遇到了不少好老师，让我在月色下的行走不致迷茫而失去方向。回首以往，我的获奖作品，大部分都是散文诗：《母亲酒》《玉岭英魂》《五彩惠州》《母亲的中国梦》。散文诗，正在进入我的写作主语。我喜欢散文诗春山空谷似的简洁柔丽，云蒸霞蔚般的如梦似幻，雨后青山似的清新雅致。我每当进入散文诗世界，心上的烦恼瞬间祛除，世间的烟火消失远退，思绪如被秋风吹起的纸片，随之起舞，飞向高远。

春天未必温暖，春暖未必花开，世事如风，人生苦短，写作的道路却永远没有穷期，漫山遍野已是百花齐放万紫千红，感觉自己仍只花开半枝。对一种事物的热爱，不会分年龄的大小，年岁的迟暮。相信所有的前行，皆为序曲；所有的愿景，均是前奏。散文诗就是夕阳与月色互换后即将响起的悠悠笛音，我祈望在这流淌的时光里，牵转春风的走向，采撷春天的云朵，收获春日的晴朗。

又是一年中秋，明月重现东山。我愿意与月亮和散文诗做终生不弃的知心朋友，徜徉在家乡仙女嶂下玉岭村，在开满桂花的小路，在飘满书香的祖屋，循着清澈如水的笛音，走读"乡间花事"，细阅"乡村书简"，吟咏"掬水弦歌"，驰骋在诗情画意里的月光千里……

曾平
2023年中秋节于惠州云岭书屋